ぼろ着のディック

ホレイショ・アルジャー
畔柳和代＝訳

角川文庫
24047

目次

第一章　ぼろ着のディックを紹介する

「そこの若いの、起きろ」荒々しい声がした。

　ぼろ着のディックはゆっくり目を開き、声が聞こえる方向をぼんやりと見たが、起き上がろうとはしなかった。

「おい起きろ、宿無し」男はいらついた口調だった。「声をかけなきゃ、一日じゅうそこで寝てるんだろ」

「いま何時？」ディックが訊ねた。

「七時」

「七時！　一時間も寝坊した。そうか、すごく眠かったのは夜更かししたせいだな。ゆうべ[1]オールド・バワリーに行って、戻ったのが十二時すぎてたから」

「オールド・バワリーに行ったのか？　金はどこで手に入れたんだ？」男は訊ねた。男はポーターで、スプルース通りの会社に雇われている。

「そりゃあ、靴を磨いてだよ。俺の保護者は芝居を見物する金なんかくれないから。

自分で稼がなきゃ」

「もっと楽に手に入れるガキもいるけどねえ」ポーターが意味ありげに言った。

「俺がものを盗むと思ってるなら、大間違いだよ」ディックは言った。

「盗みはまったくやらないってことか？」

「やらないし、これからもしない。やってるやつは多いけど、俺はしない」

「それを聞けてうれしいよ。なんだかんだ言って、お前にもちょっとは見どころがあるな」

「俺は荒くれ者ではあるよ！」ディックは言った。「でもだからって、物は盗らない。ずるいから」

「そう思っているのはうれしいよ、ディック」依然として荒々しい声が、いくぶんやわらいだように聞こえた。「朝飯代はあんのか」

「まだ。でもすぐ手に入れるさ」

この会話を交わしながらディックは寝床から出ていた。ディックの寝室は、わらが半分入っている木箱だった。そのわらにこの若い靴磨きは疲れた手足を横たえて、ふかふかした羽のうえで眠っているかのようにぐっすり眠ったのだ。服を脱ぎもしないで、わらに体を沈めたのである。さて、起床も同様の早業だ。木箱から勢いよく飛び出て体を揺すり、衣服の裂け目に入り込んでいるわらを一、二本つまんで取り除き、梳かしていない髪に古びたキャップをのせれば、それで今日の仕事を始める準備は整った。

木箱のかたわらに立つディックの姿は、かなり奇妙だった。ズボンはあちこち破けていたし、最初の持ち主がディックよりも二サイズ大きい少年だったことは一目でわかる。チョッキのボタンで残っているのは二つだけ、チョッキの下からのぞくシャツは一か月着たきりだったかのように見える代物だった。この身なりの仕上げとして、ディックは丈が長すぎるコートをまとっていた。そのコートは、ざっと見て判断するに、はるか昔にさかのぼる年代物に見えた。

通常、洗顔および手を洗うことが一日の正しいはじめ方だと考えられているが、ディックはそんなお上品さは超越していた。汚れに対する嫌悪感はとくに抱いておらず、顔や手に付いている幾筋かの汚れを取り除く必要はないと考えていた。しかし、ディックは汚れていてぼろをまとっているにもかかわらず、どこか魅力的な少年だった。もしも清潔で、よい身なりをしていたら、まぎれもない美少年であることはすぐに見てとれた。ディックの仲間には悪賢い少年も何人かいて、彼らの顔は人々に不信の念を抱かせた。一方ディックの態度は率直でごまかしがなく、彼は人気者だった。

ディックの営業時間が始まった。ディックはオフィスを開く必要などなかった。小さな道具箱は準備が整っている。ディックは通行人全員の顔をさっと見ては、一人ひとりに「靴磨きいかがっすか？」と声をかけた。

「いくらかね？」オフィスへ向かう一人の紳士が訊ねた。

「十セントです」ディックは道具箱を地面に落として答え、舗道に両ひざをつき、靴磨き名人といった様子でブラシをかざして見せた。

「十セント！　ちょっと高すぎないか？」

「ご存じのとおり、全部が儲けじゃないですからねえ」ディックは言った。すでに仕事にかかっていた。「靴墨にもちょっとはかかるし、新しいブラシもしょっちゅう買わなくちゃいけないんで」

「ずいぶん大きな裂け目《レント》もあるしね」ディックのコートにあいている大きな穴をちらっと見ながら、紳士がおもしろがるように言った。

「ええ、そうなんです」そう応じたディックは、いつでも軽口をたたく用意ができていた。「五番街に屋敷があるんですけど、そこの家賃《レント》がものすごく高くって、どうしても一足十セントまでしかまけられないんです。ぴっかぴかに磨きますよ」

「手早く頼む。急いでいるんだ。ええと、五番街にお住まいだって？」

「ほかじゃございません」ディックは答えた。ディックは真実を述べていた。

「ごひいきの仕立屋はどこ？」

「同じとこにいらっしゃるおつもりで？」ディックはそつなく訊ねた。

「いいや、仕立屋がきみにぴったり合わせてくれなかったようだから」

「このコート、かつてはワシントン将軍のものだったんですよ」ディックがおどけた口調で言った。「革命戦争のあいだずっと着てたから、あちこち破けたんです。激しく戦ったから。将軍は亡くなるときに、未亡人に言い残したんです。コートを持ってない、賢い若者にこのコートをやるようにって。それで未亡人が俺にくれたんです。でも、もしも将軍の形見にお持ちになりたけりゃ、手ごろな値段でゆずりますよ」

「それはありがとう。でもやめとくよ。きみから取り上げたくないからね。それで、そのズボンもワシントン将軍から届いたのかな？」

「いいや、こっちはルイス・ナポレオンからもらったんですよ。ルイスが大きくなりすぎて、俺に送ってくれたんです――ルイスは俺よりでかくて、だから大きさが合わねえんです」

「どうやら著名人のお友だちがいるようだねえ。さて、そろそろお代を払ったほうがいいね」

「異議なしです」ディックは言った。

「これはどうも」紳士が財布の中身を確認しながら言った。「二十五セントよりも細かい小銭はないようだ。釣り銭はあるかい？」

「一セントも」ディックは言った。「金は全部エリー鉄道に投資してるんで」

「それは困ったね」

「両替してきましょうか」

「あいにく待てないんだ。約束があって、もう行かないと。二十五セント渡しておくよ。釣りは私の事務所に届けてくれないか。日中の何時でもいいから」

「はい。どこですか？」

「フルトン通り百二十五番地。覚えていられる？」

「はい。お名前は？」

「グレイソン。オフィスは二階だよ」

「わかりました。届けます」

あのわんぱく者は正直者と出るかな。その場を去りながらグレイソン氏は考えた。正直者だったら、ひいきにしよう。多分違うだろう。でもそうなっても、十五セント失うのはたいしたことじゃない。

グレイソン氏はディックのことをちゃんとわかっていなかった。我らがぼろ着のヒーローは、どこから見ても少年の鑑《かがみ》だったわけではない。残念ながらときどき罵り言葉も口にしたし、田舎から出てきた素朴な少年たちにいたずらをしたり、ニューヨークに不案内の誠実な老紳士にわざと間違った道順を教えたりした。あるとき、クーパー・インスティテュートを探し歩いている牧師にトゥームズ刑務所に行く道を教えた。

そして牧師のあとをこっそりつけて、センター通りにあるあの大きな石造りの建物の正面階段を牧師がなんの疑いも持たずにのぼって、中に入れてもらおうとしている様子を見て、すっかり喜んだものだった。

入れてもらえたって、あの人、長居はごめんだろうな。ぼろ着のディックはズボンをぐいと引き上げながら思った。少なくとも俺はごめんだ。向こうは大喜びで、いったん会えたらもう手放してはくれないのさ。まあ、ただで泊めてくれて、請求書はよこさないけど。

ディックのさまざまな欠点には浪費癖も含まれていた。ディックはいつだって抜け目がなく、仕事をする心構えがあったから、何不自由なくまっとうな暮らしができる稼ぎは充分あった。靴磨きをときどきディックに頼む若い事務員や店員たちのなかには、風采や身なりはディックをはるかに上回ってはいても、収入はどうにかディックと並ぶ程度という者も少なくなかった。だが、ディックは多く稼いでも金遣いが荒かった。昼間にどんなに稼ごうが、たいてい、宵越しの銭は持たなかった。ディックはオールド・バワリー劇場とトニー・パスター劇場に行くのが好きで、芝居見物のあとで金が余っていれば、どこかの店に友だちを誘ってオイスター・シチューをおごった。そういうわけで、一日のはじまりに一セントでも持っていることは稀だった。

さらに残念ながら付け加えなければならないことは、ディックが喫煙の習慣も身につけていたことである。これはかなり出費がかさんだ。ディックは葉巻には相当やかましく、一番安い葉巻は喫《す》わないのだ。しかも気前のいい性分ゆえ、たいてい仲間に葉巻を振舞った。しかし当然ながら、費用は喫煙に対する一番小さな反対理由である。十四歳の少年がタバコを喫えば、体を悪くすることはまぬかれない。成人男性も喫煙ゆえに体を壊すことがしばしばあり、少年の場合は必ず壊す。それでも新聞の売り子や靴磨き少年の多くがこの習慣を身につけてしまう。雨と寒さにさらされている彼らは、喫煙によって体が温まることを知り、だんだんと放逸が高じていく。母親の視界から離れるにはまだ早すぎるほど幼い少年が、長年の喫煙者並みの満悦の表情を浮かべて喫煙している姿を見ることは珍しくない。

ディックがときどき金を失う方法はほかにもひとつあった。バクスター通りに有名な賭博場が一軒あった。ときおり夕暮れ時に少年ばくち打ちがそこに大勢集まった。彼らは苦労して稼いだ金を賭け、当然ながらたいてい負けて、胸が悪くなりそうな酒の混ぜ物をたまに一杯二セントで買って精をつける。折々ディックはここに迷い込み、ほかの少年たちと賭けに興じた。

以上ディックの欠点や弱点を挙げたのは、私がディックを模範的な少年と思っているわけではないことをまずはっきりさせておきたいからだ。にもかかわらず、ディックには長所もいくつかあった。卑怯なことや不名誉なことはしない。決して盗みはしないし、人を騙さないし、年下の少年に無理強いもしなかった。率直で、ごまかしがなく、男らしく、自立心がある少年だった。気高い性分の持ち主だったおかげで、ありとあらゆる卑劣な弱点はまぬかれていた。この本の年若い読者たちが私と同じように、ディックの欠点に目をつぶることなく、ディックを好きになってくれるよう願っている。靴磨きにすぎないが、ディックを見習いたくなるような点を、彼のなかに見出せるかもしれない。

さてと、これでどうやら若いみなさんにぼろ着のディックを偏りなく紹介できた。ディックのさらなる冒険については、次の章をご覧いただかねばならない。

第二章　ジョニー・ノーラン

ディックはグレイソン氏のブーツを磨いたあと、幸運にも三人の客に恵まれた。三人のうち二人は、スプルース通りとプリンティングハウス・スクエアの角にある、トリビューン社の記者だった。

三人目の靴を磨き終えたとき、市庁舎《シティ・ホール》の時計の針は八時を示していた。起床してから一時間にわたって精一杯働いたので、ディックは当然朝食のことを考えはじめた。

ディックはスプルース通りの角まで行き、ナッソー通りへ曲がった。さらに二ブロック進み、アン通りに着いた。アン通りには小さな安レストランがあり、コーヒーを一杯五セントで飲める。あと十セント出せばビフテキにありつけて、パンも一皿ついてくる。ディックはこれらを注文し、テーブル席に座った。

店は小さな一室で、飾り気のないテーブルが数卓あり、テーブルクロスはかかっていなかった。この店に通う客層はやかましくないのだ。まもなく我らがヒーローの前に朝食が置かれた。コーヒーにしてもステーキにしても、高級レストランのデルモニコで出される物には及ばなかった。しかし、あの店で請求される高額をディックが払えたとしても、当時の彼のワードローブ事情を思えば、あの上品なレストランに受け入れてもらえたかどうか、はなはだ疑問である。

料理が運ばれてきてまもなく、ディックは自分と似た背恰好の少年がレストランの戸口に立っているのを見つけた。少年は物欲しげにのぞいていた。ジョニー・ノーランという名の十四歳の少年だ。ジョニーもぼろ着のディックと同じ生業《なりわい》だった。身なりもディックとどっこいどっこいだった。

「朝飯食ったか、ジョニー？」ディックはステーキを一口分切り分けながら訊ねた。

「まだだよ」

「じゃあ入んなよ。お前が座る場所はあるよ」

「金がない」ジョニーはそう言って、自分よりも運のいい友人を少し羨ましそうに見た。

「一足も磨けなかったの？」

「一足は磨けた。でも、金は明日までもらえない」

「腹減ってる？」

「どんぐらいか、試してみろよ」

「おいでよ。今日はおごるよ」

ジョニー・ノーランは間髪を容れずにこの招待を受け、まもなくディックの横に席を得た。

「何にする、ジョニー？」

「同じもの」

「コーヒーとビフテキ」ディックが注文した。

注文した品はすぐにテーブルに運ばれ、ジョニーは猛烈な勢いで食べはじめた。

さて、靴磨き業においても、もっと高等な職業においても、共通のルールが通用する。元気と勤勉は報われ、怠慢は苦しむ。ディックは元気いっぱいだったし、仕事はないかとつねに気を配っていたが、ジョニーは正反対だった。その結果、ディックはジョニーの三倍稼いでいた。

「うまい？」ジョニーがステーキをたいらげるさまを満足げに眺めながらディックは訊ねた。

「すげえよ《ハンキー》」

「ハンキー」という言葉は、ウェブスター大辞典にもウースター大辞典にも載っていないと思われるが、少年ならばその意味がすぐにわかるだろう。

「ここよく来んの？」

「ほとんど毎日。お前も来るといいよ」

「そんな金ねえよ」

「そんなら、あるようにするさ」ディックが言った。「いったい何に使ってんだか」

「お前ほど稼げねえんだ」

「がんばりゃ稼げるかもよ。俺は目ん玉ひらいて、気をつけてる。だから仕事が来るんだ。お前が怠けてんのがいけないんだよ」

この苦言に応じることは得策ではないとジョニーは考えた。おそらく、ディックの言い分はもっともだと思いつつ、食べつづけるほうを選んだのだろう。懐《ふところ》が痛まない分、ジョニーは朝食をいっそう楽しんでいた。

朝食を終えるとディックはレジに行き、勘定を払った。そして、あとからついてきたジョニーと連れ立って通りに出た。

「どこに行くんだい、ジョニー?」

「スプルース通りのテイラーさんのとこ。靴磨きがいるか、見に行く」

「お得意さんなの?」

「うん。テイラーさんとテイラーさんのパートナーもたいてい毎日磨かせてくれる。どこ行くの?」

「[2]アスター・ハウスの前。お客が何人か見つかると思うから」

その瞬間ジョニーがびくっとして、ある入口に逃げ込み、扉のかげに身を隠したのでディックはたいへん驚いた。

「どうした？」我らがヒーローは訊いた。

「あの人、いなくなった？」ジョニーが訊ねた。不安を隠しきれない声だった。

「誰のこと？」

「茶色いコートの男」

「あの人がどうした。あいつのことがこわいのかい」

「うん。あの人、前に働き口を見つけてくれたんだ」

「どこの？」

「すげえ遠いとこ」

「それで？」

「逃げたんだ」

「気に入らなかったのか」

「ああ。起きる時間が早すぎた。農家でさ、牛の世話で五時に起きなきゃいけなかった。俺はニューヨークが一番好きさ」

「向こうじゃ食い物は充分出してくれたんだろ」

「ああ。そりゃあたっぷり」

「ちゃんとしたベッドもあった？」

「ああ」

「じゃあ、そこにいりゃあよかったね。ここじゃどっちも手に入らない。昨日の夜はどこで寝た？」

「路地に停まってた荷馬車」

「田舎じゃそれよりましなベッドがあったんだよな」

「うん。まるで、ええと、まるで綿みたいにやわらかかったよ」

ジョニーは綿花を集めた箱の上で眠ったことがあり、その思い出がこのたとえをもたらしていた。

「なんでそこにいなかったんだ？」

「さびしかったんだ」ジョニーは言った。

ジョニーは気持ちをうまく言い表わせなかったが、路上で暮らす若い宿無しは、食べる物の当てがなく、どこが寝床になるかわからず、日没後に運よく見つかる、誰も使っていない古い荷馬車や樽で寝るかもしれなくても、不安定だが独立した生活様式にすっかり愛着を持ち、それ以外の暮らしでは不満をかこつのだ。街路の騒音、ざわめき、刻一刻と変わる生活になじみ、刺激のただなかでずっと暮らしていたため、田舎の静かな環境では物足りなくて、さびしいのだ。

ジョニーを都会につなぐ絆はひとつしかなかった。父親がいた。とはいえ、いないほうがましな父親だった。ノーラン氏は大酒飲みで、給料の大半は酒に使った。深酒のせいで卑劣になり、もともと優しくない性分を酒が燃え上がらせ、ときには興奮のあまり、ジョニーの命が危うくなるほど怒り狂った。数か月前には息子の頭をめがけて、鏝《こて》を猛烈な勢いで投げつけていた。ジョニーが俊敏に身をかわしていなければ、我々の物語に出番を得られるほど長く生きられなかっただろう。ジョニーはそのまま家を飛び出し、それからは家に戻ってみる勇気がわかなかった。ある人が靴墨ひと箱とブラシをくれたから、ジョニーは独りで靴磨きをはじめた。だが前に述べたように、ジョニーは成功に必要な元気を欠いていた。残念ながらこの哀れな少年はこれまでに幾多の困難にあい、寒さと空腹に何度も苦しめられてきた。ディックはジョニーを一度ならず助け、その時々の状況に応じて、朝食や昼食をおごっていた。

「どうやって逃げたの？」ディックはいくらか好奇心をもって訊ねた。「歩いたのか？」

「いいや、汽車の上に乗っかって」

「金はどうしたんだ？　盗んでないよな？」

「金はなかったんだ」

「じゃあ、どうしたんだ」

「三時ごろに起きて、オールバニーまで歩いた」

「そこどこ？」ディックは訊いた。ディックは地理には疎かった。

「川の上流」

「こっからどれくらい？」

「千六百キロくらい」ジョニーは言った。ジョニーも距離には弱かった。

「それで。どうやって戻って来たんだ？」

「貨車の上に隠れて、見つからないで戻れたんだ（事実である）。あの勤め口は、あそこにいる茶色いコートの男が見つけてくれたから、また俺を向こうに送りたがるんじゃないかと心配なんだ」

「そうだなあ」ディックはじっくり考えている風で言った。「俺は自分が田舎に住みたいかどうか、わからねえ。田舎じゃトニー・パスターの劇場にも、オールド・バワリーにも行けない。夜過ごせるとこがないなあ。でもさ、ジョニー、冬は辛いぞ。自分の外套が仕立屋に置いてあって、預けっぱなしになる見込みが高いときはとくに」

「そうだなあ、ディック。でも、もう行かないと。テイラーさんが靴磨きをほかのやつに頼むといけないから」

ジョニーはナッソー通りへ戻ってゆき、ディックはブロードウェイに向かった。

ジョニーが去るとディックはひとりごちた。「あいつには志ってもんがない。今日あいつは五足も磨けまい。俺はあんなじゃなくて、よかったよ。あれじゃあ芝居見物にも行けねえし、葉巻も買えねえし、食いたいもんの半分も食えない……靴磨きいかがっすか？」

つねに商売にさといディックが声をかけた相手はおしゃれな青年で、粋なステッキを振って歩いていた。

「今朝磨いてもらったばかりなのに、このけしからん泥のせいでつやが台無しだ」

「すぐぴかぴかにしますよ」

「じゃあ頼む」

まもなくブーツはディックの流儀で磨きあげられ、仕上がりは至極満足のゆくものだった。この技術にかけて我らがヒーローは達人なのだ。

「細かいのがないんだ」青年はポケットのなかを探りながら言った。「このお札をどこかで両替してきてくれないか。お駄賃に五セント足すよ」

青年はディックに二ドル札を渡した。我らがヒーローはお札を手に近くの店に行った。

「両替お願いします」ディックはカウンターまで進んで、言った。

ディックが店員に紙幣を差し出すと、店員は受け取り、紙幣をちらっと見ると怒鳴りはじめた。「出ていけ、この浮浪児め。さもないと警察に突き出すぞ」

「どうしたんだよ」

「偽札をよこしたな」

「知らなかったんだ」ディックは言った。

「言い訳はいらん。とっとと出ていけ。さもないと逮捕してもらうぞ」

第三章　ディックの提案

渡した紙幣が偽札だったと知ってディックはいささか驚いたものの、自分の立場を果敢に守った。

「この店から出ていけ、浮浪児め」店員はまた言った。

「じゃあお札を返して」

「また誰かに渡せるようにするのか？　いいや、そうはさせないぞ」

「俺のじゃないんだ」ディックは言った。「靴磨き代をくれるお客さんから両替を頼まれたんだ」

「いかにもありそうなお話だね」店員はそう言いながら、少々落ち着かない様子だった。

「いま呼んでくる」ディックは言った。

ディックは店を出て、例の客がアスター・ハウスの階段に立っているのを見つけた。

「ああ、小銭を持ってきてくれた？　ずいぶんかかったねえ。持ち逃げされたんじゃないかと思ってたとこだよ」

「そんなことしません」ディックは誇らしげに言った。

「じゃあ、小銭はどこ？」

「ないんです」

「じゃあ、あのお札は？」

「そっちもないんです」

「この悪ガキが！」

「ちょっと待って」ディックが言った。「ぜんぶ話すから。お札を渡した相手があれは偽札だって言って、返さないんだ」

「あれはちゃんとしたお札だったよ。向こうが返さないって？　よし、一緒にその店まで行って、僕に返してくれるか聞いてみよう」

ディックが道案内をして、その青年紳士はディックにつづいて店に入っていった。こんな人物と連れ立ってディックがまた現われたのを見て、さきほどの店員は少し顔を赤らめ、不安そうな表情を浮かべた。ぼろ着の靴磨きならば騙せると思っていたのだが、相手が紳士となるとまったく別問題だと気がついたのである。店員は来店したばかりの客にはまだ気がついていないそぶりで、商品を棚に戻しはじめた。

「さてと」とディックの連れが言った。「僕の金を持っている店員を教えてくれ」

「あの人」ディックは店員を指さして言った。

紳士はカウンターまで歩んでいった。

「お手数ですが」彼はいささか横柄な口調で言った。「あの子から渡されて、あなたがまだお持ちのお札のことでお尋ねしたい」

「偽札でした」店員は言った。頬は赤くなり、不安そうな態度だった。

「とんでもない。あのお札を出してもらいたい。そうすれば決着がつく」

店員はベストのポケットのなかを手探りし、偽札に見える札を引き出した。

「それは偽札だ。でも、私がこの子に渡したお札ではない」

「その子から渡されたお札です」

ディックの客は疑念を抱いている様子だった。

「きみ」彼はディックに声をかけた。「両替してもらうために渡したお札、これかい？」

「これじゃないです」

「この嘘つきの悪ガキ！」店員が叫んだ。窮地に陥っていることはわかってきて、出口は見つかりそうになかった。

この騒動は、当然店じゅうの人の目を引き、奥で忙しくしていた店主がやって来た。

「どうしたんだね、ハッチさん？」店主が詰問した。

「あの子が店に来て、両替してくれと出したのが偽札だったんです。私は偽札を保管し、出ていくよう言いました。そのお札をまた使おうとして、返せと言ってるんです」

「お札を見せなさい」

店主である商人がお札を確認して、「ああ、たしかに偽札だ」と言った。「疑いの余地はない」

「でもそれはこの子が渡したお札ではありません」ディックの客が言った。「同じ額のお札ですが、別の銀行のものでした」

「どちらの銀行券だったか、覚えておいでですか?」

「ボストン・マーチャント銀行です」

「たしかでしょうか」

「ええ」

「この子がそれとすり替えて、もう一枚を渡したのかもしれませんよ」

「調べたきゃ調べてくれ」ディックが憤然として言った。

「この子はお札を余分に持っているようには見えません。そちらの店員が、正規のお札をポケットに入れて偽札とすり替えたんじゃないでしょうか。ちょっとした金儲けの企みなんでしょうね」

「ボストン・マーチャント銀行のお札なんて見ていません」店員はかたくなに言い張った。

「ポケットを探ってみるがいい」

「この件は調べなければ」商人はきっぱりと言った。「お札を持っているなら、出しなさい」

「持ってません」店員はそう言ったものの、やましそうに見えた。

「この人の身体検査を要求する」ディックの客が言った。

「持ってないと言ってるじゃありませんか」

「警官を呼ぶかね、ハッチさん、それともおとなしく身体検査を受けるかね？」と商人が言った。

この言葉に含まれる脅威に恐れをなして、店員はベストのポケットに手を入れ、マーチャント銀行の二ドル札を引っぱり出した。

「お客様のお札でしょうか？」店主はディックの客にお札を見せながら訊ねた。

「ええ」

「なんだか間違えてしまったようで」店員が口ごもった。

「私のもとで働きながらこのような間違いをまたしでかす機会は与えん」商人は厳しい口調で言った。「デスクに行って、もらえる給料をもらいなさい。今後、きみに用はない」

「さて」ディックの客が言った。店内でようやく両替を済ませ、店から出るときだった。「厄介な目にあわせた分、多く払わなきゃ。はい、五十セント」

「ありがとうございます」ディックは言った。「ご親切にどうも。もっと両替したいお札はない？」

「今日はもうないな」客はほほえみながら言った。「両替代がかかりすぎるからねえ」

ツイてるぞ。我らがヒーローは大満足で思った。今晩はバーナム[3]に行って、ひげの貴婦人とか、身長二メートル半の大男とか、六十センチの小男とか、世にもめずらしいものを数えきれないほどいっぱい見よう。

ディックは道具箱を肩に担ぎ、アスター・ハウスまで行った。そして舗道で持ち場につき、あたりを見まわした。

ディックの真後ろに人が二人いた。一人は五十歳くらいの紳士で、もう一人は十三、四歳の少年である。二人は話していて、ディックには会話が楽々聞きとれた。

「悪いね、フランク。一緒にまわってあげられなくて。ニューヨークの名所をいくつか見せたかったんだが、今日はあいにく一日じゅう仕事だ。ニューヨークは今回がはじめてだったね」

「はい」

「この街には見るべきものがいろいろある。でも残念だが、次の機会まで待ってもらわないといけないねえ。一人で出かけて、ぶらぶらしていいんだよ。でも遠出しすぎないこと。迷子になるから」

フランクはがっかりしている様子だった。

「僕が来ているってトム・マイルズが知っていればなあ」とフランクは言った。「トムなら一緒に見物してくれるのに」

「その子はどこに住んでいるんだ？」

「たぶん住宅街」

「それなら、残念だがその子はだめだ。ここに残るよりも私と出かけたければ、そうしてもいい。でも、ほぼ一日、商人の会計室で一緒に過ごさなきゃならないから、あまりおもしろくはないだろうね」

「それならば」フランクはしばらくためらってから口を開いた。「一人で出かけるよ。遠くにはいかないし、迷子になったら、アスター・ハウスまでの道を訊く」

「そうだな。ここまでの道順なら誰でも教えてくれるはずだ。いいよ、フランク。もっと面倒を見てあげられなくて、すまないね」

「ううん、いいんだ、おじさん。ぶらぶら歩いて、お店のウィンドウを見るだけでおもしろいし、いろいろ見てまわれるし」

さて、ディックはこの会話をはじめから終わりまで聞いていた。そして目端のきく若者だったから、これは投機のチャンスではないかと思い、これに乗ろうと決めた。そこでディックはフランクのおじさんが立ち去る間際で二人に歩み寄り、こう言った。「俺、この街のことをなんでも知ってます。お望みなら、この方を案内します」

紳士はいささか興味をもって、目の前に立つ、ぼろ着をまとった人物を見た。

「では、この街の子なんだね？」

「はい」ディックは言った。「赤ん坊の頃から住んでます」

「では公共施設にも詳しい？」

「はい」

「セントラル・パークも？」

「はい。隅から隅まで」

紳士は考えにふけっている様子だった。

「なんと言っていいか、わからないよ、フランク」紳士はしばらくのちに言った。「かなり変わった提案だ。私なら、きみには違うタイプのガイドを選んだろう。でも、正直そうな子だ。うそのない顔をしているし、頼りになると思う」

「服がこんなにぼろで、それに汚れていなかったらいいんだけど」フランクは言った。こんな連れと一緒にいるところを見られるのはいささか気恥ずかしかった。

「どうやら今朝は顔を洗わなかったようだね」ホイットニー氏は言った。それが紳士の名前だった。

「泊まったホテルに洗面器がなかったもんで」ディックは言った。

「どのホテルに泊まったの？」

「ボックス・ホテル」

「ボックス・ホテル？」

「はい。スプルース通りで箱《ボックス》のなかで寝ました」

フランクはディックを興味津々に眺めた。

「居心地はどうだった？」

「すんげえよく眠れたよ」

「もしも雨が降ったらどうなってた？」

「そしたら、一張羅《いっちょうら》を濡らしてたね」

「きみが持っている服は、それだけかい」

「はい、そうです」

ホイットニー氏がフランクに何やら話した。フランクはその提案が気に入ったようだった。

「ついておいで」と紳士が言った。

ディックは驚きながらも命令に従い、ホイットニー氏とフランクのあとからホテルに入り、事務室の前を通って階段の下にいたった。そこでホテルの従業員から足止めを食ったが、ディックに頼みたいことがあるとホイットニー氏が説明したため、先に進むことを許された。

三人は長い通路をしばらく歩き、あるドアの前でついに立ち止まった。ドアが開くと、感じのいい部屋が見えた。

「どうぞお入り」とホイットニー氏が言った。

ディックとフランクは部屋に入った。

第四章　ディックの新しいスーツ

「さて」ホイットニー氏はディックに言った。「甥は寄宿学校に行く途中なんだ。この子のトランクのなかに、少し着たものだがスーツが入っている。この子はそのスーツをきみに贈るつもりだ。きみがいま着ている服よりも見た目がいいと思うよ」

ディックは驚きのあまり言葉を失った。ディックは贈り物には疎かった。贈り物を受け取った記憶がなかった。知らない人からこんなたいそうな贈り物をもらえるなんて、すばらしいことに思えた。

その服が取り出された。こぎれいな、グレーのスーツだった。

「着替える前に体を洗わなくてはいけないよ。清潔な服は汚れた肌とはあまり合わないから。フランク、あとは任せた。もう行かなくては。お金は足りるかい？」

「はい、おじさん」

「それでは、もう一言」ホイットニー氏はディックに言った。「見ず知らずの子を信じるなんて軽率かもしれないが、きみの顔が気に入ったよ。甥のことを立派に案内してもらえると思っている」

「はい、わかりました」ディックは心から言った。「誓います！」

「よろしい。楽しんでおいで」

汚れを洗い落とす過程がはじまった。ディックには必要なことで、彼にとって清潔さは新鮮かつ心地よいものだった。フランクはさらにシャツを一枚、靴下一足、お古の靴一足も贈った。「キャップがなくてごめんね」とフランクは言った。

「それならあるよ」ディックは言った。

「もう少し新しいほうがいいよねえ」フランクは古びたフェルト帽を眺めて言った。かつては黒い帽子だったがいまは薄汚れ、てっぺんに大きな穴があき、縁は一部ちぎれていた。

「そんなことないさ」ディックが言った。「これは、じいちゃんが子どもの頃かぶってたてさ、死んだじいちゃんに敬意を表してずっと大切にしてきたんだ。でも、もう新しいのを買うことにしよう。チャタム通りで安く買えるから」

「そこは近い？」

「歩いてたった五分だよ」

「じゃあ途中で買えるね」

ディックの顔も手も清潔になり、髪の毛もとかしつけられ、新しい服に身を固めると、さきほどと同じ少年だとは想像もつかないくらいだった。

ディックは男振りが上がり、若い紳士に間違えられてもおかしくなかった。両手さえ赤く、汚れていなければ。

「見て」フランクが言い、ディックを鏡の前に案内した。

「すげえ！」ディックは言い、驚いて飛びのいた。「俺じゃないよな？」

「自分がわからないの？」フランクはほほえんで訊ねた。

「シンデレラを思い出すよ」ディックは言った。「魔法使いがお姫様に変えたときのシンデレラ。バーナムで観たんだ。ジョニー・ノーランが見たら、なんて言うかなあ？　こんな洒落者になってる俺とは口も利けないだろうなあ。すげえよ」ディックは言い、大声で笑いはじめた。友人が驚く姿を思うと気持ちがくすぐられた。するとすぐに、自分に与えられた数々の高価な贈り物に思いいたり、感謝をこめてフランクを見た。

「きみはブリックだな」

「えっ？」

「頼れるやつ《ブリック》だよ！　こんなすごい贈り物をくれるなんて、めちゃくちゃいいやつだ」

「いいんだよ、ディック」フランクがやさしく言った。「僕はきみよりも恵まれていて、洋服を分けるなんて何でもないんだ。でも、新しい帽子は要るね。ま、帽子は出かけたときに買えるか。古い服はまとめておくといい」

「ちょっと待ってて、ハンケチを出すから」ディックはそう言うと、ズボンのポケットから汚いぼろきれを出した。かつては白かったかもしれないが、いまや見る影もない。シーツかシャツをちぎった切れ端であることは明らかだった。

「それ、持っていっちゃだめだよ」フランクが言った。

「でも、風邪ひいてんだ」ディックが言った。

「ハンカチなしでいろと言ってるわけじゃないんだ。一枚あげる」

フランクはトランクを開くとハンカチを二枚引っぱりだし、ディックに与えた。

「夢じゃねえかな」ディックは言うと、鏡に映った姿をもう一度疑わしそうに眺めた。

「これは夢で、目が覚めたら樽のなかじゃないかね。一昨日の晩みたいに」

「ここで目が覚めるよう、つねろうか?」フランクがふざけて訊いた。

「うん」ディックは真顔で言った。「頼むよ」

ディックが上着のそでをたくしあげると、フランクがかなり強くつねり、ディックは縮みあがった。

「うん、目は覚めてるようだ」ディックは言った。「きみ、いいペンチを持ってるね。でもさ、靴ブラシと靴墨はどうしよう?」ディックは訊ねた。

「戻るまで置いとけばいいよ」フランクが言った。「ここなら安全だ」

「ちょっと待った」ディックは専門家の目でフランクのブーツを見ながら言った。「そのブーツはぴかぴかじゃないね。顔が映るくらいぴかぴかにするよ」

そして言ったとおりにした。

「ありがとう」フランクは言った。「今度はきみのを磨いたほうがよさそうだよ」

それはディックには思いもよらないことだった。一般に、靴磨きのプロは自分の靴やブーツに靴墨を使うのは惜しいと考える。靴を一足所有する幸運に恵まれていればの話だが。

二人の少年は一緒に下の階に降りた。ついさきほどディックに声をかけた従業員にもふたたび会ったが、ディックのことがわからないようだった。

「俺だってわからないんだ」ディックが言った。「俺のこと、きみのような若いスウェルだと思ってる」

「スウェルって？」

「きみみたいに上品な服を着てる人のこと」

「きみもだね、ディック」

「そうだな」ディックは言った。「俺が洒落者になるなんて、誰が思ったろう？」

ブロードウェイに到り、市庁舎公園沿いに西側を歩いていたときだ。ディックの前に誰あろう、ジョニー・ノーランがいるではないか。

ディックはたちまち、自分の変身ぶりに驚愕するジョニーを見たい思いに駆られた。そこで背後からしのび寄り、ジョニーの背中をたたいた。

「よお、ジョニー、何足磨いた?」

ディックの声が聞こえたから、ディックがそこにいると思って振り向いたジョニーの驚いた目に映っていたのは、(帽子以外) きちんとした身なりの少年だった。ディックにたしかに似ているが、身なりが変わりすぎていたため、誰なのか確信が持てなかった。

「ツイてるかい、ジョニー?」ディックはふたたび声をかけた。

ジョニーは大いに混乱した様子でディックを頭のてっぺんから足のさきまで眺めた。

「あんた、誰?」ジョニーは言った。

「おもしれえ」ディックは笑った。「お前、ディックがわからないのかい?」

「おめえその服いったいどうした?」ジョニーが訊ねた。「盗んだのか」

「もう一度言ってみろ。ぶっ倒すぞ。盗んでなんかねえよ。パーティに着てくもんがないっていう若いやつに服を貸したのさ。で、いつもと違って、二番目にいい服を着てんだ」

ディックはそれ以上は説明せずに歩きだし、ジョニー・ノーランの驚いた視線がディックを追いかけた。いま言葉を交わしたばかりのこぎれいな少年が本当にぼろ着のディックだったのかどうか、確信が持てなかった。

チャタム通りに出るにはブロードウェイを渡らなくてはいけなかった。これは提案するは易く、行なうは難しだった。アスター・ハウスの界隈には乗合馬車、荷車、馬車ほかあらゆる種類の乗り物がつねにあまた通っているため、不慣れな者にとって道を渡るのは恐ろしいことだった。ディックは何とも思わずに馬や馬車のあいだを落着き払ってすりぬけた。やがて向こう側の舗道にディックが着くと、フランクは横断中にうろたえて引き返してしまったことがわかった。通りの幅が二人を隔てていた。

「渡って来い！」ディックが叫んだ。

「渡れるときがないよ」フランクは言い、目の前に広がる光景を不安そうに見ていた。

「ひかれちゃいそうで」

「ひかれたら、損害賠償を求めて告訴すりゃいい」

フランクは本人から見れば危ういところを何度か間一髪でまぬかれたあと、ようやく無事に渡りきった。

「いつもこんなに混んでるの？」フランクは訊ねた。

「もっとひどいときもある」ディックが言った。「ある若者はね、渡れるときを六時間も待った揚げ句に乗合馬車にひかれて、未亡人と何人もの父なし子を遺した。未亡人は若くてきれいなんだけど、ピーナッツとりんごの売店をはじめるっきゃなかったんだ。ほら、見て」

「どこ?」

ディックは見るも恐ろしい老女を指さした。老女はすこぶる堂々とした体形で、巨大なボンネットをかぶり、すぐ近くでりんごの露店を開いていた。

フランクは笑った。

「じゃあ僕がひいきにしよう」とフランクは言った。「そういう事情なら」

「ここは俺にまかせろ」ディックは片目をつぶって言った。

ディックはりんごの売店におごそかに近づき、こう言った。「もしもし、税金はもう払いましたか?」

老女はびっくりして目を見開いた。

「政府の役人なんです」ディックは言った。「税を徴収するよう市長から送られてきました。りんごで受け取りますよ。あの大きい赤いりんごなら、政府に払うべき額と、とんとんですね」

「税金なんて知らないよ」老女はうろたえて言った。

「では今回は免除します」ディックは言った。「一番いいりんごを二個もらいますよ。代金は、僕の友人の市会議長が払います」

フランクがほほえみながらりんご一個につき三セントを支払い、その後二人がまたぶらぶらと歩きだすときディックが言った。「ねえ、お店のおばあさん、もしもこのりんごがおいしくなかったら、返品してさっきのお金をもらいますからね」それはむずかしい相談だったろう。ディックはすでに半分食べてしまっていたのだから。

目的地のチャタム通りは東側にあるため、二人の少年は公園を横切った。十エーカーほどの囲い地でかつては緑の草で覆われていたが、いまは歩行者にとってすばらしい抜け道となっていた。重要な公共建築もいくつか建っている。市庁舎《シティ・ホール》、記録館《ホール・オヴ・レコーズ》、円形建築物《ロタンダ》をディックは示した。

市庁舎は大きな真っ白い建物で、半球状の屋根をいただいている。

「あすこに市長のオフィスがあるんだ」ディックは言った。「市長は友だちでね。特別のご指名でブーツを磨いたこともある。市の税金を俺はそうやって払ってるんだ」

第五章　チャタム通りとブロードウェイ

二人はまもなくチャタム通りに着き、既製服店が軒《のき》を連ねているなかを歩いた。並んでいる店の多くは在庫品の半分を舗道にさらしていた。経営者たちは戸口に立ち、通行人を注意深く眺め、商品をちらとでも見た人を一人残らず店内に招き入れようとした。

「お若い殿方、どうぞ」ある店の入口で恰幅のいい男が二人に声をかけてきた。

「いえ、けっこうです」ディックが答えた。「あの詩で[4]ハエがクモに言っていたのと同じですよ」

「原価よりお安くしてますよ」

「そうでしょうねえ。そうやって儲けてんだから」ディックは言った。「商売っ気がちょっとでもありゃ、商品から利益が出るそぶりなんか誰も見せないもの」

チャタム通りの商人は意味がよくわからなかった様子でディックを目で追った。だがディックは相手の返事を待たずに、連れとともに店を通り過ぎていった。

何軒かの店では競売が行なわれているようだった。

「まだたった二ドルしかついていないこのドスキンのズボン、つくりはエレガントで生地は最高級だよ。すごい投げ売りだ。どなたか、もう一声どうですか？　ありがとうございます、だんな。たった十七シリング！　この生地、一ヤードあたりだってもっと高いよ！」

話している男は小さな壇の上に立ち、三人の男に向かって熱弁をふるい、片手にズボンを持っていた。足の部分がゆるそうで、いかにもバワリーらしい、安っぽいズボンだ。

フランクとディックは店の扉の前で立ち止まり、そのズボンがかなり青二才っぽい若者に三ドルで競り落とされるのを見届けた。

「ここは衣類がずいぶん安いみたいだね」フランクが言った。

「うん。でも一番安いのはバクスター通りさ」

「そうなの？」

「うん。先週、ジョニー・ノーランが服を一式一ドルでそろえたんだ。コート、キャップ、ベスト、ズボン、靴。かなりいいものだったよ。きみに頼まれて脱いだ一張羅みたいに」

「こんど服を買うときはそこへ行くよ」フランクは笑いながら言った。「都会のほうが田舎よりも物がずっと安いなんて、ちっとも知らなかった。バクスター通りの仕立屋さんたちは流行に乗っているんだろうね？」

「あたりきよ。俺もホレス・グリーリー(5)も服は必ずあそこで買うんだ。ホレスがスーツを新調すると俺もそっくりのを必ず作らせるんだけど、白い帽子はどうしても試せない。俺のおしゃれとは合わねえから」

少し進むと舗道で一人の男が小さなビラを配っていた。フランクは一枚渡された。こう書いてあった。

〈閉店大セール！　美しい高級品の大安売り、すべて一ドル。前代未聞の魅惑の品々！　皆さまぜひどうぞ！〉

「大安売りはどこでやってるの？」

「こっちです、若だんな」突如姿を現わした、黒い口髭の人物が言った。「なかへどうぞ！」

「入る、ディック？」

「いんちきな店さ」ディックは小声で言った。「行ったことあんだ。あの男はとことん詐欺師さ。前にも会ってるけど、服のせいで俺だとわかってないんだ」

「さあ、店内で商品を見てください」男は口説いた。「買わなくていいんだから」

「どの品も一ドル以上の値打ちがあるの」ディックは訊ねた。

「ありますとも」相手は答えた。「もっとずっと高い物もある」

「たとえばどんな？」

「二十ドルはする銀の水差しがありますよ」

「それを一ドルで売るんだ。親切ですねえ」ディックは何も知らないふりをして言った。

「入ればわかるよ」

「いや、やめとく」ディックは言った。「僕んとこの使用人はちっとも信用できないから、銀の水差しはまかせたくない。行こう、フランク。では、水差しを本当の値打ちよりも十九ドルも安く提供する、慈悲深いお仕事のご成功を祈ります」

「あそこはどんな手口なの、ディック？」一緒にさらに足をすすめながら、フランクは言った。

「すべての商品に番号がつけてあって、一ドル払わせる。そのあとあいつがサイコロを振るんだ。目の合計が、引き当てた商品の番号さ。たいていの品は二束三文の値打ちもない」

近くに帽子屋があり、ディックとフランクはそこに入った。フランクがどうしても出すと言い張った七十五セントでディックはかなり素敵なキャップを入手できた。それまでかぶっていたものに比べ、いまの身なりにずっと似合うものだった。ディックは前のは取っておく必要はないと考え、舗道に捨てた。振り返ると同業の靴磨き少年が拾う姿が見えた。自分のよりましだと思ったらしい。

二人の少年は来た道を戻り、チェンバーズ通りを歩いてブロードウェイに出た。ブロードウェイとチェンバーズ通りの角にある、白大理石の大商店にフランクは興味を持った。

「あの建物は何？」フランクは知りたがった。

「俺の友だちのA・T・スチュワートのものだよ」ディックが言った。「ブロードウェイで一番大きな店だ（ディックが説明した当時、スチュワート氏の十丁目の店はまだ開いていなかった）。俺がいつか靴磨き業から引退して商売をはじめたら、あの人の事業を買いとるかもしれないな。さもなきゃ、この店より見場のいい店を建てるかも」

「あの店に行ったことある？」フランクは訊ねた。

「いいや」ディックは言った。「でもスチュワートの共同経営者の一人と親しいよ。現金取次係で、一日じゅう現金を受けとってばかりいる人なんだ」

「とても愉快な仕事だね」フランクが声を立てて笑いながら言った。

「そうだね」ディックは言った。「俺もやりたいよ」

少年たちはブロードウェイの西側に渡り、通りをゆっくりと歩いた。フランクにとって興味深い光景だった。田舎の静けさに慣れているため、舗道を歩く群衆や、通りをさまざまな乗り物がひっきりなしに往来する様子に魅了された。また、盛りだくさんな内容のショーウィンドウにも興味がわいた。面白かったので、さまざまな商品が並べられているウィンドウを見たくて、しょっちゅうディックを止めた。

「商人がこれだけ大勢いて、自分の店で買い物をしてくれるお客さんをどうやって見つけるんだろう」フランクは言った。「僕が住んでいる村には店は二軒しかないけど、ブロードウェイはお店だらけに見える」

「うん」ディックは言った。「大通り《アヴェニュー》も似たようなもんだよ。とくに三番街、六番街、八番街は。バワリーも買い物にはすごくいい。あそこじゃみんな、どこよりも安く売っているし、商品でもうけてないふりをする人なんかいない」

「バーナム博物館はどこにあるの？」フランクは訊ねた。

「アスター・ハウスのほぼ向かい」ディックは言った。「旗が何本も立ってる大きな建物を見なかった？」

「見た」

「それがバーナムだよ（その後火事で崩壊し、ブロードウェイのさらに北に再建され、二月にふたたび焼け落ちた）。ハッピー・ファミリー(7)も住んでるし、ライオンや熊がいて、見世物があるんだ。行ったことないの？　オールド・バワリーとおんなじくらい楽しいよ。やってる芝居はバワリーほどわくわくしないけど」

「時間があれば行くよ」フランクが言った。「近所の子がひと月前にニューヨークに来て、バーナムに行ったんだ。ずっとその話ばかりしてるから、見ごたえがあるんだろうね」

「いまオールド・バワリーですげえ芝居をやってるよ」ディックはつづけた。『ドナウの悪魔』っていうんだ。悪魔が若い娘を好きになって、その子の髪の毛をつかんで、引っ張り上げる。自分の城が建っている、切り立った岩のてっぺんまで」

「ずいぶん変わった愛情表現だねえ」

「娘は行きたくなかったんだ。好きな人がいたんだよ。その男は恋人がさらわれたと聞いて憤って、恋人を取り戻すまで戦うと誓うんだ。そしてついに地下通路から悪魔の城に入り込んで、悪魔と戦う。二人が舞台で転げまわって、相手に斬りかかったり、めちゃくちゃに斬りつけあったりする場面が見物《みもの》だよ」

「で、どっちが勝ったの？」

「最初は悪魔が優勢に見えたけど、最後は若い男爵が悪魔を倒して、悪魔の心臓に短剣を突き刺して言うんだよ。『死ね！　不実な、誓いを破った悪党め！　お前の死体を犬が満喫するだろう！』そのあと悪魔がすごい吠え声をあげて死ぬ。それから男爵は悪魔の体をぐいとつかんで、崖っぷちから投げ捨てる」

「悪魔をやってる役者はお金を多くもらうべきじゃないかな。そんな扱いを受けなきゃならないなら」

「そうだな」ディックは言った。「でも、きっと慣れてんだよ。体質にも合ってるみたいだし」

「あの建物は何？」フランクが指さして訊ねた建物は、通りから十メートルから十五メートル引っ込んでいて、正面に大きな庭が広がっていた。ブロードウェイにはめずらしい光景だった。その界隈では、ほかの建物は目一杯通りまで張り出していた。

「あれはニューヨーク病院」ディックが言った。「お金がある施設で、金をあまりとらずに病人を診てくれるんだ」

「なかに入ったことがあるの？」

「あるよ」ディックが言った。「友だちのジョニー・マレンって新聞売りが、ある日パーク・プレイスの近くでブロードウェイを渡ってて乗合馬車にひかれた。で、ここに運び込まれて、入院中、俺は何人かの仲間と一緒に入院費を払ったんだ。一週間たった三ドル。いろいろ面倒見てくれたことを思うと、すごい安上がりだった。ジョニーがあそこにいるあいだは面会をしていいって許可をもらったんだ。何もかもきれいで居心地よさそうだったから、俺も入れてもらえるようにひいてくれって、乗合馬車の御者を説きつけようかって、ちょっと思ったくらいだった」

「その友だちは足を切らなきゃいけなくなった？」フランクは興味を持って訊ねた。

「ううん」ディックは言った。「すごく切りたがってた研修生がいたけど、切られないで済んで、ジョニーはもとどおりにぴんぴんして路上で活躍してる」

二人はしゃべりながらフランクリン通りの角にある三百六十五番地に着いた（現在はマーチャンツ・ユニオン・エクスプレス社の事務所）。

「あれがテイラーズ・サルーンだよ」とディックが言った。「どっかから遺産が入ったら常連になって飯を食いに行くんだ」

「名前をよく聞く店だよ」フランクが言った。「すごくエレガントだって。いまからなかに入って、アイスクリームを食べない？　そうすれば店をもっとよく見られるよ」

「ありがとう」とディックが言った。「ここを見るのに一番愉快なやり方だろうね」

少年たちは店に入った。広々とした上品なレストランだった。金メッキできらきらしていて、まわりはぐるりと高価な鏡で飾られていた。二人は席に着いた。テーブルは小さく、台の表面は大理石でできていた。フランクが注文をした。

「アラジンの宮殿を思い出す」フランクがあたりを見回しながら言った。

「そう？」ディックが言った。「ずいぶん金持ちだったんだね」

「古いランプを持っていて、ランプをこするだけでランプの精が出てきて、願い事をなんでもかなえてくれるんだ」

「そりゃあ大事なランプだったに違いないね。俺のエリー株全部と取っ替えてもいいな」

隣のテーブルに長身の痩せた男がいて、ディックの発言の後半が耳に入ったらしかった。男は我らがヒーローのほうを向いて、言った。「ちょっとお訊ねしますが、エリー鉄道には相当ご関心がおありで？」

「全財産を投資しています」とディックは言い、おどけた横目遣いでフランクを見た。

「それはそれは！　投資をなさったのはおそらく保護者の方でしょうな」

「いいえ」ディックは言った。「財産は自分で管理しているんです」

「おそらく、これまでの配当はあまり大きくはなかったのでは？」

「ええ、そうですね」ディックは言った。「そんな感じです。大きくはなかったです」

「思ったとおりですな。あれは悪い株なんです。もっといい株をお勧めします。毎年多額の収益が上がるものでしてね。わたくしが代理人を務めておりますエクセルシオール銅鉱業社は世界有数の生産高の鉱山を持っています。ご投資額の五十パーセントの配当を確実にもたらすものです。お持ちのエリー株を売って、弊社の株に投資なさるだけでいいんです。三年でひと財産になると保証いたします。何株お持ちとおっしゃいました？」

「おっしゃってない気がするけれど」とディックは言った。「なんともご親切なお話ですね。時間ができたらすぐに手配します」

「ぜひそうなさいますよう」見知らぬ男は言った。「名刺を差し上げてもよろしいですか。『サミュエル・スナップ、ウォール街××番地』。お立ち寄りくだされば大歓迎します。弊社の鉱山の地図もお見せしましょう。お友だちにもお話しいただいて結構です。弊社の事業に乗り出すようお誘いするほどお友だちのお役に立つことはないかと存じます」

「たいへん結構」ディックは言った。

男は席を立ち、帳場へ勘定を済ませに行った。

「財産家で、いい服を着てるのがどういうことかわかるだろ、フランク」ディックが言った。「明日、俺が道で靴磨きをしてるとこを見たら、あの人なんて言うだろうな」

「たぶんきみのほうが立派な稼ぎ方をしているんだ」フランクが言った。「ああいう鉱業会社のいくつかはただの詐欺だ。金をだましとろうって魂胆だ」

「俺からは取れるだけ取ってかまわないさ」ディックは言った。

第六章　ブロードウェイからマディソン・スクエアへ

二人はブロードウェイを北上し、有名なホテルや見所をディックが指し示した。フランクを格別感心させたのは、聖ニコラス・ホテルとメトロポリタン・ホテルの堂々たる外観だった。前者は白大理石で後者はひかえめな茶色だったが、後者の内装は前者に劣らずエレガントだった。こうした壮麗な建造物は調度品込みでほぼ百万ドルかかると聞いてもフランクはさほど驚かなかった。

ディックは八丁目で右を向き、クリントン・ホール・ビルを示した。現在はマーカンタイル図書館が入っている。当時は五万冊以上の蔵書があった（現在蔵書はほぼ十万冊）。

もう少し進むと、大きな建物があった。三番街と四番街のはじまる場所に、両方の通りに面してぽつねんと建っていた。

「あの建物は？」フランクが訊ねた。

「クーパー・インスティテュートだよ」とディックが言った。「俺と大の仲良しのクーパーさんが建てたんだ。俺とピーター・クーパー(8)は一緒に学校に通ったんだ」

「なかはどうなってるの？」フランクが訊いた。

「地下には集まりや講演会用のホールがあって、地上には閲覧室や画廊がある」ディックは言った。

クーパー・インスティテュートの真向かいに、一エーカーもありそうな、たいそう大きなレンガ造りの建物があるのをフランクは認めた。

「あれはホテル？」と彼は訊ねた。

「いや」ディックは言った。「聖書協会だよ。聖書を作っているとこ。一度入ったことがあってさ。聖書が山積みになってた」

「聖書を読んだことある？」フランクは訊ねた。ディックの教育がないがしろになっていることをなんとなく察していた。

「いいや」ディックは言った。「いい本だって聞いてるけど、読んだことはない。読むのは苦手なんだ。頭が痛くなるんだよ」

「短い言葉はあまり速くないんだろうね」

「読むのはわりと読めるけど、長いとつかえちまうんだ」

「僕がニューヨークに住んでいれば、毎晩うちに来てもらって、うちで教えられるのに」

「俺のためにそこまでしてくれるって言うのかい」ディックが真剣に訊ねた。

「もちろん。きみが世の中で成功していくのを見たいんだ。読み書きができないと、その可能性はあまりないよね」

「いいやつだな」ディックが感謝して言った。「本当にニューヨークに住んでればなあ。教えて、どの辺に住んでいるの？」

「ここから八十キロくらいのところ。ハドソン川の左岸にある町なんだ。いつか遊びに来てほしい。二、三泊しにきてもらいたいな」

「オナー・ブライト？」

「どういう意味？」

「本気？」ディックは信じていない様子で訊ねた。

「もちろんだよ。本気じゃいけない？」

「靴磨きを呼んだって知ったら、きみの家族はなんて言うかね？」

「靴磨きだっていいんだよ、ディック」

「俺は上流社会になじみがないから」ディックが言った。「行儀がわかんないよ」

「そうしたら僕が教えるよ。一生靴を磨くわけじゃないんだし」

「うん」ディックが言った。「九十になったら辞めるつもり」

「その前に辞めてほしいな」フランクがほほえみながら言った。

「他の仕事につければって本当に思ってるんだ」ディックは真顔で言った。「事務所の見習いになって、ビジネスを覚えて、まっとうな大人になりたいんだ」

「勤め口がないか、探してみたらどうなの、ディック」

「ぼろ着のディックを誰が雇う?」

「でも、いまはぼろ着じゃない」

「そうだね」ディックは言った。「ワシントンのコートを着て、ルイス・ナポレオンのズボンをはいてたときよりちょいとましだね。でも事務所に入ったら、くれるのはせいぜい週三ドルだろうし、それっぽちじゃまっとうに暮らしていけないよ」

「そうだね」フランクが親身になって言った。「でも一年経てば、もっと稼げるよ」

「そうだな」とディックが言った。「でも、その頃には骨と皮になってるね」

フランクは笑い声をあげた。「それで思い出した」と彼は言った。「アイルランド人のお話でね。その人、倹約のために持ち馬にかんなくずを食べるよう教え込もうと思った。それで馬に緑色の眼鏡をかけた。かんなくずが食べ物に見えるように。でも残念ながら馬は教え込まれたとたん、ばったり死んじゃったんだ」

「その馬、覚えおわった頃にゃ立派な建物になってたね、きっと」ディックが言った。

「ここはどの辺り?」フランクが訊ねた。二人は四番街を出て、ユニオン・スクエアに入ろうとしていた。

「あれがユニオン・パークだよ」美しい囲い地をディックが示した。中心に池があり、噴水が躍っていた。

「あれがワシントン将軍の像？」花崗岩の台に載った、馬上の人物の銅像を指さしてフランクが言った。

「うん」ディックが言った。「大統領だった頃よりも少し大きくなったんだ。革命で戦ってた頃にあれだけ背がありゃ、イギリス軍をずいぶんやっつけたろうな」

フランクは高さ四メートル半ほどの銅像を見上げ、そのとおりだと思った。

「あのコートはどう、ディック？」彼は訊ねた。「サイズはきみに合うかな？」

「そうだな、結構だぶだぶかもな」ディックは言った。「ブーツを脱いだら、俺はせいぜい三メートルだからね」

「うん、それくらいしかないね」フランクがほほえみながら言った。「きみは変わっているねえ、ディック」

「まあ、育ちが変わってるからね。銀のさじをくわえて金持ちに生まれる子もいる。ヴィクトリアの息子たちは金のさじをくわえてて、さじにはダイヤがちりばめてある。でも俺が生まれたときは金も銀も足りなくて、さじはピューターだったんだ」

「金と銀にはそのうち出会えるかもしれないよ、ディック。ねえ、[9]ディック・ホイッティントンの話、聞いたことある？」

「ない。その人もぼろ着のディックだったの？」

「そうだったとしても驚かないね。とにかく、子どもの頃はすごく貧乏だったんだけど、そのままじゃなかったんだ。ロンドン市長にまでなったんだよ」

「ほんと？」ディックは興味を惹かれた様子で訊ねた。「どうやって？」

「あのね、彼を気の毒に思った裕福な商人がいて、家に住まわせたんだ。その家では召使いたちと過ごし、雑用をしてた。ある日、ディックがピンや針を拾っているのを商人が見て、なぜ拾っているのか訊ねた。たくさん集まったら売るんですとディックは答えた。商人はその倹約の心を気に入り、その後まもなく外国に商船を出すときにディックに声をかけたんだ。何でも好きなものを船に載せていいぞ、お前に有利になるように売ってやるって。ところがそのときディックが唯一持っていたのが、もらったばかりの仔猫だった」

「その仔猫に税金はいくらかかったんだい？」ディックは訊ねた。

「そんなにかからなかったろうね。でも持ち物はその仔猫だけだったから、送り出すことにした。何か月も航海がつづいて仔猫はたくましい猫に育ち、船はやがて未知の島に着いた。島ではちょうどねずみがはびこっていて、誰もが途方に暮れ、ねずみは王様の宮殿でも食べ物をあさりまわっていた。話をはしょると、この状況を見てとった船長がディックの猫を陸に上げたら、まもなく猫がねずみを追い散らした。猫がねずみを大混乱させたのを見て王様は大喜びした。そしてどんな高値でもかまわない、あの猫を手に入れようと決めたんだよ。それで、猫と引き換えに大量の黄金を渡そうと申し出たから、船長はもちろん喜んで応じた。その黄金がきちんと持ち帰られてディックに届き、ディックの財産の礎となった。ディックは少しずつ成功を重ね、やがて大金持ちの商人になり、誰からも尊敬され、ロンドン市長に選ばれたんだ」

「結構いい話だね」ディックが言った。「でもニューヨークじゅうの猫がそろったって、俺が市長になることはないだろうよ」

「ああ、多分ないね。でも、違うやりかたで出世できるかもしれない。有名な人の多くは昔は貧しい子どもだったんだ。希望はあるよ、ディック。努力さえすれば」

「そんなこといままで誰も言ってくれなかった」ディックは言った。「ぼろ着のディックと呼ぶばっかりで。大きくなったらお前はバガボーンだぞ、お前の行く末は絞首台だぞって言ってくる（ディックよりも教育を受けているみなさんは、彼の間違いにいちいち驚かなくてよろしい）[10]」

「人が言ったからって、本当にそうなるわけじゃないよ、ディック。ひとかどの人になろう、社会のまっとうな一員になろうと努めれば、いつかそうなるよ。お金持ちにはなれないかもしれない。誰もがなれるわけじゃないから。でも、いい職を得て、まわりから尊敬されるようにはなれるよ」

「やってみる」ディックは真剣に言った。「劇場に行ったり、みんなにオイスター・シチューをおごったり、トランプに金を賭けたりして金を使っちまわなけりゃ、ずっとぼろ着のディックでいなくて済んだんだ」

「そうやってお金をなくしているの？」

「うん、かなりね。服を一式そろえるために五ドル貯めたことがあってさ。一張羅がぼろぼろだったから。そしたら引き足のジムがひと勝負したいって言うんだ」

「引き足のジム？」フランクがいぶかしげに訊ねた。

「そうなんだ。片足を引きずるんだよ。それでみんな引き足のジムって呼んでる」

「それで、負けたんだね？」

「ああ。一セント硬貨も一枚残らずなくして、野宿する破目になった。宿代が一セントもなかったから。すんげえ寒い夜で、凍えかけたよ」

「ジムは勝ったお金を宿代にほんの少しでもくれなかったの？」

「ああ。五セントくれって頼んだけど、くれなかったね」

「五セントで泊まれるところがあるの？」フランクが驚いて訊ねた。

「あるよ」ディックは言った。「五番街ホテルじゃないけどね。ちなみにあれが五番街ホテル」

第七章 財 布

二人はブロードウェイと五番街の交差点まで来ていた。十エーカーの美しい公園が目の前に広がっていた。左手には大理石の立派な建物があり、白い正面が壮観だった。ディックが指さした建物である。

「あれが五番街ホテル？」フランクは訊ねた。「話はよく聞くんだ。ウィリアムおじさんがニューヨークに来ると必ず泊まるホテルだ」

「あの外でなら寝たことあるよ」ディックが言った。「料金も手ごろで、また泊まりに来ていいって言ってくれた」

「いつかなかで眠れるかもしれないよ」フランクが言った。

「ヴィクトリア女王が[11]ファイブ・ポインツに住む日が来りゃあね」

「まるでお城だね」フランクが言った。「あんなにきれいな建物なら、女王が住んだって恥ずかしくないね」

フランクは知らなかったが、女王の数ある宮殿のひとつは五番街ホテルのような立派な建物には程遠い。セントジェイムズ宮殿はレンガ造りの醜い建物で、王族の家というよりむしろ工場に見える。目の前のデモクラティックな施設は、世界じゅうのホテルで屈指の立派な外観を備えているのだ。

そのとき一人の紳士が舗道で二人を一度通り過ぎてから、ディックのほうを振り返った。ディックの顔に見覚えがあるかのようだった。

「あの人知ってる」男が通ったあとにディックは言った。「お客さんだよ」

「なんていう人？」

「さあ」

「知り合いだと思ったみたいな振り返り方だったよね」

「新しい服さえ着てなけりゃ、すぐにわかったはずさ」ディックは言った。「いまはあんまりぼろ着のディックに見えないからなあ」

「きっと顔に見覚えがあったんだよ」

「汚れてないけどな」ディックが笑いながら言った。「いつもアスター・ハウスで顔や手を洗えるわけじゃないからさ」

「さっき言ってたよね」フランクが言った。「五セントで泊まれるところがあるって。どこ？」

「フルトン通りの新聞少年宿泊所」ディックが言った。「『サン』のオフィスのほうにあるんだ。いいとこだよ。あそこがなかったら、俺たちやってけないよ。六セントで夕飯を出してくれて、もう五セント払うとベッドをくれる」

「その五セントすら払えない子たちもいるんだろうね？」

「そういうときはつけにしてくれるんだ」ディックが言った。「でも、俺はつけは嫌なんだ。五セントのつけなんて恥ずかしい。十セントでもさ。ある晩、ポケットに五十セント入ってて、チャタム通りを歩いてたんだ。うまいオイスター・シチューを食ってから宿泊所に行くとこだった。そしたら、どうしてだかズボンのポケットの穴から知らないうちに金が落ちて、一セントも残ってなかった。夏ならかまわなかったんだけど、冬の野宿はかなりきついんだ」

フランクは生まれてこの方ずっといい家庭があったから、隣を歩いている少年が帰る家もなく、ベッドという当たり前の安楽を得る金もなく、寒いなかをとぼとぼ歩いていたと理解するのは難しかった。

「それでどうしたの？」フランクは訊ねた。声に同情がこもっていた。

「『タイムズ』のオフィスに行ったんだ。知り合いの印刷工がいて、隅にいさせてくれた。あったかく過ごせて、すぐにぐっすり眠ったよ」

「どこかに間借りして、いつでも帰れるうちを作ったら？」

「さあね」ディックは言った。「考えたことなかったな。マディソン・スクエアに家具つきの家を借りてもいいなあ」

「それ、フローラ・マクフリムジーが住んでいたところだ」

「その人は知らないな」ディックは言った。彼女がヒロインの[12]広く知られている詩を読んだことがなかったのだ。

こんなやりとりを交わしながら二人は二十五丁目へと曲がり、三番街に来ていた。三番街に入る直前、先を行く人物のかなり不思議な行動が二人の注意を引いた。その人物は急に立ち止まると、舗道から何かを拾っているようで、その後、困ったようにあたりを見まわしていた。

「あいつのやり口はわかってるぞ」ディックがささやいた。「来て、いまにわかるから」

そう言うとフランクをせかし、足を止めていた男に追いついた。

「何か見つかりました？」ディックが訊ねた。

「ああ」男が言った。「これが」

男が見せた財布はふくらみから判断するに、紙幣がぎっしり入っているらしかった。

「ほお！」ディックが大声を出した。「ツイてますね」

「誰かが落としたんだろうな」男は言った。「謝礼をはずむだろうね」

「それをもらうんですね」

「あいにく次のボストン行の汽車に乗らなくてはいけない。私はボストンに住んでいるんだ。持ち主を捜している時間がない」

「じゃあ、財布を持ってゆくんですね」ディックがとぼけて言った。

「持ち主に返してくれる正直者に預けてゆきたい」男はそう言いながら少年たちをちらりと見た。

「僕、正直者ですよ」ディックが言った。

「そう見ている」相手が言った。「さて、それではひとつ申し出がある。この財布をきみが持って……」

「わかりました。ください」

「ちょっと待った。きっと大金が入っている。一千ドルあっても驚かないね。持ち主はおそらくきみに謝礼を百ドルくれる」

「しばらくこちらに残って、受け取ったらどうでしょうか?」フランクが訊ねた。

「そうしたいが、家に病人がいて、急いで帰らなきゃいけない。二十ドルくれたら、財布を渡そう。そうしたらそのあといくら儲けてくれてもかまわない。な、いい話じゃないか。どうだい?」

ディックがいい身なりをしていたため、それだけ持っていてもおかしくないと相手の男は考えていた。それでも、必要とあらばもっと少額でもゆずる気でいた。

「二十ドルはずいぶん大金です」ディックはためらっている様子だった。

「取り返せるし、もっともらえるぞ」見知らぬ男は口説いた。

「そうかもしれない。きみならどうする、フランク？」

「やってみるかも」フランクは言った。「きみにお金があるならば」ディックがそんな大金を持ち合わせているのかと思い、少なからず驚いていた。

「やってみるか」ディックはしばしためらってから言った。「たいして損はしないだろうし」

「何の損もしないさ」見知らぬ男がきびきびと言った。「ただ急いでくれ。もう汽車に乗らなくては。乗り遅れそうで心配だ」

ディックはポケットから紙幣を一枚出して男に渡し、財布を受け取った。その瞬間、警官が角を曲がってやって来た。男は紙幣を見ないでポケットに突っ込み、急ぎ足で去った。

「財布に何が入っているの、ディック？」フランクがかなり興奮して訊ねた。「いま渡したお金に見合うだけ入っているといいけど」

ディックは笑い声をあげた。

「入ってなくていいんだよ」

「でも二十ドル渡したでしょう。大金だよ」

「そんなに渡してたら、同じ額をだましとられて当然だ」

「でも、渡した――そうだよね？」

「向こうはそう思ってたね」

「じゃあ、あれは何だったの？」

「ただのビラさ。服のビラがお札に見えるようになっているやつ」

フランクは真顔になった。

「あの人をだましちゃいけなかったよ、ディック」とフランクはとがめるように言った。

「向こうは俺をだまそうとしてなかったっけ？」

「さあ」

「この財布に何が入ってると思う？」ディックは財布を掲げて言った。

フランクはたっぷりとふくらんだ財布を見て、真剣な顔で答えた。「お金、それもたくさん」

「なかにはオイスター・シチューを一皿買える印紙も入っちゃいないよ」ディックは言った。「信じられなかったら、開けるとこを見てて」

ディックはそう言うと財布を開けて、なかにぎっしり詰まっているのは紙幣の形に丹念にたたまれている、何も書かれていない紙であることをフランクに見せた。フランクは都会暮らしに不慣れだったし、「落とし物ゲーム」のことは聞いたことがなかったから、予期せぬ展開に驚愕の表情を浮かべていた。

「はなからやり口はわかってたんだ」ディックは言った。「勝負はあったみたいだな。この財布だってなんぼかのものだ。これは俺のエリー株のショーケン入れにしよう。あと、持ち主のほかは誰の役にも立たない、ほかの書類も入れておこう」

「いま入っている紙も、その類だね」フランクがほほえんで言った。

「そうだな！」ディックが言った。

「おっと！」ディックが突然叫んだ。「やっこさんが戻ってくる。病気の家族から悪い知らせが届いたような顔をしているよ」

そのとき財布の落とし屋はもうそばに来ていた。

男は少年たちに近づき、ディックに小声で言った。「財布を返せ、このちびのごろつきが！」

「失礼ですが」ディックが言った。「俺にお話しで？」

「そうとも」

「呼んでた名前が違ってたもんですから。ごろつきは何人か知ってるけど、俺はあの一族に入れるほど立派じゃないんで」

ディックがそう言いながら相手を意味ありげに見たものだから、男の機嫌は直らなかった。人をだますことに慣れていて、お返しにだまされるのは気に入らなかったのだ。

「財布を返せ」男は脅すような声で繰り返した。

「それはできねえな」ディックは涼しい顔で言った。「持ち主に返すんだもの。中身がすげえキチョーだから、持ち主はたぶん失くしちまったせいで体調をくずしてるね。正直者の拾い主には多分すごく太っ腹にするんだろうなあ」

「お前、偽札をつかませたな」男は言った。

「俺が使ってるものです」

「だましやがったな」

「逆かと思ってました」

「たわごと言うな」男は怒りながら言った。「財布をよこさないなら、警官を呼ぶぞ」

「ぜひお願いしますよ」ディックが言った。「警察なら、財布を失くしたのが[13]スチュワートなのかアスターなのかわかりそうだし、そうしたら持ち主に財布を返してもらえる」

「落とし屋」の目的は、財布を取り戻し、もっと満足のいく相手に同じ悪さを試みることだった。ディックから拒絶されていらついており、何よりディックが冷静沈着に振舞うことにいらだった。男は最後にもう一度挑戦してみることにした。

「おめえ、トゥームズ留置所に一晩泊まりたいのか?」

「ご親切な提案をどうも」とディックは言った。「でも今日はあいにく都合がつかないんですよ。ほかの時ならいつでもお望みのときに訪ねていけるけど、いまは下の子二人がはしかでふせっていて、今晩は二人の看病で寝ずの番になりそうなんで。トゥームズ留置所って、だいたいは住み心地いいんですか?」

この質問をしたときにディックが大真面目な素振りだったため、フランクは笑いをこらえるのがやっとだった。言うまでもないだろうが、落とし屋のほうは笑う気などみじんもなかった。

「お前もいつかわかる」男はにらみつけながら言った。

「じゃあ公平な提案をしますよ」ディックが言った。「もし正直だったほうびに俺が五十ドル以上もらえたら山分けしましょう。ところでいいかげんボストンの病気の家族のとこに戻ったほうがよくないですか?」

ディックからは何もくすねられないとわかった男は、暴言をつぶやきながらずんずんと歩み去った。

「あの人、きみに太刀打ちできなかったね、ディック」

「まあね」ディックが言った。「俺もだてに街の通りをずっと見てきたわけじゃねえんだ」

第八章　ディックの幼い頃

「ずっとニューヨークで暮らしてるの、ディック？」少し間をおいてフランクが訊ねた。

「物心ついてからずっと」

「きみのことを少し教えてほしいな。お父さんかお母さんはいるの？」

「母親はいないんだ。俺がまだ三つの頃に死んだんだ。父親は船乗りで、母親が死ぬ前に船出して、その後は消息不明。難破したか、航海中に死んだんだろうな」

「それじゃ、お母さんが亡くなったとき、きみはどうなったの？」

「母親が下宿してたとこの人たちが面倒をみてくれたんだ。でもその人たちも貧乏で、たいしたことはできなかった。俺が七つのときにそこのおばさんが死んじゃって、だんなさんは西部に行った。そっから自分でやっていかなきゃいけなくなった」

「七つで！」フランクが驚愕して叫んだ。

「うん」ディックは言った。「自分の面倒を見るにはずいぶん小さかった。でも」とディックが得意げに続けたのは大目に見ていいだろう。「俺はやったんだよ」

「何ができたの？」

「あれやこれや」ディックは言った。「状況次第で稼業を変えた。新聞の売り子もときどきやって、大衆に情報を広めたよ。前にセントラル・パークの大演説で誰かが言ってたみたいにね。その頃なんだよ、[14]ホレス・グリーリーとジェームズ・ゴードン・ベネットが大儲けしてたのは」

「きみの事業を通じて？」とフランクは言ってみた。

「そう。でもしばらくして辞めた」

「どうして？」

「それはさ、あの人たちの新聞はいつもニュースが足りてるわけじゃなくてね、こっちが思うほど、どんどん売れないんだよ。だからある朝、『ヘラルド』がうんと余ってたから、人目を引いてやろうと思った。それで大きな声で呼びかけた。『大ニュース！　ヴィクトリア女王暗殺！』って。持ってた『ヘラルド』は、パンケーキみたいにみるみるなくなったね。それで俺もいなくなった。でも、そのせいで新聞を買う破目になった紳士が俺のことを覚えてて、警察に突き出すって言われたんだ。それが稼業を変えるきっかけ」

「それはよくなかったよ、ディック」フランクは言った。

「わかってる」ディックは言った。「でも、やってる子は大勢いるよ」

「だからってやっていいことにはならないよ」

「そうだな」ディックは言った。「あのときはちょっと恥ずかしかったよ。とくにある老紳士のことがね。そのかわいそうな老紳士は、イギリス人だった。女王が死んだと思ったら泣けてきて、新聞代をくれるとき、両手がぶるぶる震えてた」

「その次はどうしたの？」

「マッチ業をはじめた」ディックが言った。「でも、売行きも儲けもほんのちょっと。訪ねた先はたいてい先ざきの分までマッチをたくさん仕入れたばかりで買う気がない。ある寒い晩、宿代が足りなくて、最後に残っていたマッチを燃したよ。自分が凍えないように。でもそうやってあったまると金がかかりすぎるから、続けていけなかった」

「苦労しているねえ、ディック」フランクが同情をこめて言った。

「うん」ディックは言った。「すきっ腹と寒さがどういうもんかは身にしみている。食い物もあったためてくれるものもなくってさ。でも、絶対にしなかったことがひとつある」ディックは誇らしげに言った。

「何？」

「盗みは絶対にしなかった」ディックは言った。「ずるいからやらない」

「やりたくなったことはある？」

「たくさんあるよ。あるとき一日歩きまわったけど、マッチがぜんぜん売れなくてね。朝早く三セント分だけ売れた。それでりんごを一個買った。あとでまたお金が入ると思ってたから。晩には腹ペコになった。パンを見るためだけにパン屋に行った。パンやケーキを見てるだけでなんだか気分がよくなってきて、ひょっとしたら少しくれるかもしれないって思った。一斤くれないか頼んでみた。マッチで払わせてくれないかって。でもマッチは店に三か月分あるって言われて、交換してもらえる見込みはぜんぜんなかった。ストーブの前であったまってたら、パン屋が奥の部屋に引っ込んだ。あんまり腹ペコだったから、パンを一斤だけくすねて逃げようかって思った。山積みだったから、盗ったってわかんなかったろうよ」

「でも盗らなかったんだね？」

「うん、盗らなかった。やらなくてよかったんだ。パン屋は戻ってくると、こう言ったんだ。セイント・マークス・プレイスのご婦人のとこへケーキを配達する人を探してるって。パン屋の息子が病気で、遣いに出せる人がいなかった。それで、届けに行ったら十セントくれるって言うんだ。そんとき俺の稼業は大忙しじゃなかったから、届けに行って、戻ってから、お駄賃をパンとケーキでもらった。あれはほんとにうまかったなあ」

「じゃあマッチ業は長く続けなかったんだね、ディック」

「うん、割に合うほど売れなくてねえ。まけろっていう人たちもいて、儲からないんだ。あるばあさんはさ、レンガ造りのお屋敷に住んでた大金持ちなんだけど、すごく値をたたかれて、ぜんぜん儲からなかった。でも、まけなきゃ買わないって言うし、何も売れてない日だったから、言われたとおりに売ったよ。どうにか暮らしていこうとしてる貧乏な子に、金持ちがどうして辛く当たるのかわかんないね」

「世の中には意地悪がずいぶん多いからねえ、ディック」

「みんながきみやきみのおじさんみたいだったらな」ディックは言った。「そしたら貧乏人にも見込みが出てくる。俺が金持ちだったら、貧乏な人がやっていけるよう、助けるんだ」

「いつかお金持ちになるかもしれないよ、ディック」

ディックは頭を振った。

「俺の財布はみんなこんなじゃないかな」ディックはそう言って、落とし屋から受け取った財布を見せた。「それで、持ち主にしか役に立たない紙だけいっぱい入ってんだ」

「どうなるか、大方はきみ次第だよ」フランクが言った。「スチュワートだってずっと金持ちだったわけじゃない」

「そうなの？」

「若い頃はじめてニューヨークにやってきたときは、学校の先生だったんだ。先生って普通お金持ちじゃないよね。スチュワートはそのあと事業を起こして、最初は小さな規模で仕事をしてだんだん広げていったんだ。でも、最初にひとつ決めていたんだ。どの取引も断固としてきっちりやる。金儲けのために人を出し抜かない。あの人に運がめぐってきたなら、ディック、きみにもきっと来るよ」

「向こうは先生になるくらい物を知ってたけど、俺はなんにも知らないからなあ」

「でも、ずっとそのままじゃなくていいんだよ」

「どうしようもないだろ？」

「学校に行って勉強することはできないの？」

「自分の稼ぎで暮らしてるから、学校には行けないんだ。読み書きを覚えたって、覚えたとたんに飢え死にしたら、大して役に立たねえからな」

「それなら夜の学校はないの？」

「あるよ」

「行ったら？　夜は働かないんでしょう？」

「いままであんまり興味がなかったんだ」ディックは言った。「本当言うと。でもきみと話すようになって、前より考えてるよ。行こうかな」

「そうしてよ、ディック。少しでも教育を受ければ、すごく賢い大人になるよ」

「そう思う？」ディックが疑わしそうに言った。

「確信してる。七つのときから自活してきた子には、きっと見どころがある。きみにすごく関心があるんだ、ディック。ここまでずっと苦労つづきだけど、これからきっといいことがあると思う。うまくいってほしいし、きみだったら挑戦すればきっと成功すると思う」

「いいやつだなあ」ディックがありがたそうに言った。「俺はかなりの荒くれ者だけど、まだどん底には行ってない。心を入れ替えて、まっとうな大人になれるよう、がんばる」

「少年のころにきみと同じくらい下のほうからはじめて、まっとうになって尊敬されている人たちは大勢いるよ、ディック。でもみんなそのためにずいぶん努力がいったんだ」

「がんばるよ」

「それも、努力するだけじゃなくて、正しいやり方でやらないと」

「正しいやり方？」

「きみは最初から正しいやり方をしているんだよ。どんな誘惑があっても決して他人の物を盗らない、ずるいことも恥ずべきこともしない、と決めたときから。そうすれば、きみと知り合う人はきみを信頼する。でも、うんと出世するには、どうにかしてなるべく教育を受けないと。そうしないと事務所や会計室で仕事の口は得られない。ただの雑用係としてもね」

「そうか」ディックは真顔で言った。「いままで、どんなに無知か、考えたことがなかったよ」

「辛抱すれば埋められるよ」フランクが言った。「一年でうんと進めるよ」

「どこまでできるか、やってみる」ディックが威勢よく言った。

第九章　三番街の鉄道馬車の一件

少年たちは三番街に入っていた。三番街は長い通りで、クーパー・インスティテュート付近からはじまり、ハーレムまでつづいている。脇道から出てきた男がときどき単調な売り声を上げていた。「グラス・プディング」と言っているように聞こえた。

「グラス・プディング」とフランクも言って、びっくりした顔でディックを見た。

「なんのこと？」

「食べてみる？」ディックが言った。

「聞いたことないよ」

「プディングはいくらって訊いてみたら？」

フランクはその男をよく見た。するとすぐにガラス屋だとわかった。

「ああ、そうか」と彼は言った。「ガラス入れます（Glass put in）ってことか」

フランクの間違いは珍しいものではなかった。この男たちの単調な呼び声は、言わんとしている言葉よりも、確かに「グラス・プディング」に近く聞こえた。

「さて」ディックが言った。「どこへ行く？」

「セントラル・パークを見たいな」フランクが言った。「ここから遠い？」

「二キロ半くらいだね」ディックが言った。「ここは二十九丁目で、パークは五十九丁目からはじまるから」

ニューヨークを訪れたことがない読者のために説明すると、市庁舎から約一キロ半先から、横に交わる通りには整然と番号が振られている。鉄道馬車ハーレム線のターミナルがある百三十丁目まで家々が切れ目なく並んでいる。島全体が今後きちんと区画され、住居に人が暮らす頃になれば、通りの番号はおそらく二百以上におよぶだろう。セントラル・パークは、南は五十九丁目、北は百十丁目まで広がり、名前のとおり島のほぼ中央を占めている。平行に走る二本の通りのあいだはブロックと呼ばれ、二十ブロックが一・六キロだ。したがって、ディックがセントラル・パークまで二キロ半と言ったのは、実に正しかったことがわかるだろう。

「歩いて行くには遠いね」フランクが言った。

「乗っていってもたった六セントだよ」ディックが言った。

「鉄道馬車に？」

「そう」

「いいよ。じゃあ、次のに乗ろう」

三番街ハーレム線の鉄道馬車はニューヨークの路線で一番客が多いが、馬車はたいてい汚く、混んでいて、大したことはない。それでも市庁舎から十一キロほど離れた終点ハーレムまで、たった七セントで行けることを思えば、運賃に文句は言えない。もちろん収益の大半は短距離しか乗らない客から得られるのだが。

ちょうどよく鉄道馬車が来たが、かなり混み合っているようだった。

「あれに乗る？　それとも次を待つ？」フランクが訊ねた。

「次のもたぶん同じくらい混んでるよ」ディックが言った。

そこで少年たちは停まってくれるよう車掌に合図を送り、前方の乗降段に乗った。はじめは立っていなくてはならなかったが、四十丁目で大勢が降り、二人は座れた。

フランクの隣に、自分を淑女だと思い込んでいるらしい中年女が座っていた。とがった顔つきと薄い唇には、愛想のよさはおよそ期待できそうもなかった。女の隣に座っていた二人の紳士が席を立ったとき、女は二席分を占めようとスカートを広げた。二人の少年はそれを無視して席についていた。

「二人分は空いてないよ」女はフランクを意地悪そうに見ながら言った。

「さっきまで二人いましたが」

「多すぎたんだ。図々しく割り込むのが好きな人がいるからねえ」

場所を二人分取りたがる人もいるし、とフランクは思ったが、口には出さなかった。

女が怒りっぽいのを見て取って、言わぬが花だと考えたのだ。

フランクはここまで来たことがなかったので、車窓から見える両側の店に興味津々だった。三番街は大通りで、さらに東のいくつかの大通りに比べれば家や店の格は上だが、ブロードウェイにはかなり劣る。多くの読者がご存じのとおり、ニューヨーク随一の通りは五番街だ。豪邸が並び、富裕層が暮らしている。五番街と交差する通りの多くにも、外装も内装も御殿と見なせるほどエレガントな家々が並ぶ。フランクはセントラル・パークのほうへ運ばれながら、そうした家を何軒かちらちらと見た。

さきほどの会話以降、隣の婦人と自分は無縁だとフランクは思っていた。だが見当が外れた。フランクが一心に窓の外を眺めているあいだ、婦人は財布を探して内ポケットに手を突っ込んだが見つからず、盗まれたと早合点した。そしてフランクに疑いをかけた。「割り込んできた」と彼女が称するフランクに対し、すでに怒り心頭だったのだ。

「車掌さん!」婦人は険しい声で叫んだ。

「ご用でしょうか?」当の職員が答えた。

「いますぐ来てちょうだい」

「どうされました?」

「お財布を盗られたんです。四ドル八十セント入ってました。運賃を払うときにかぞえたから正確よ」

「誰に盗られたんです？」

「あの子」婦人はフランクを指さした。この告発を聞いて、フランクはびっくり仰天した。「私から盗むためにわざと割り込んできたのよ。すぐ身体検査をしてちょうだい」

「嘘だ！」ディックが憤慨して叫んだ。

「ああ、あんたはグルなんでしょうよ」女は意地悪く言った。「あの子と同じくらい悪党ね。そうに決まってる」

「ご親切な女だなあ、まったく」ディックは皮肉った。

「私を女呼ばわりしなさんな」婦人が憤激して言い返した。

「えっ。でも女装じゃないですよね？」ディックは訊ねた。

「とんだお間違いです」フランクが静かに言った。「お望みなら、車掌さんに調べてもらってかまいません」

混み合う車内での盗難の告発は、当然ながらちょっとした騒ぎとなった。用心深い乗客はとっさにポケットに手を当て、何か盗られていないか確認した。フランクの顔は紅潮した。このような卑劣な犯罪の疑いをかけられることすらたいへん心外だった。フランクは手塩にかけて育てられており、盗みは卑劣で邪悪な行為であると教わっていたのだ。

ディックは逆に、連れにそんな嫌疑がかけられたことをいいお笑い種と捉えていた。自分は一人で育っていたし、知り合いに物を盗るような少年も男も大勢いたが、盗みを働いたことは一度もなかった。盗みは卑怯だと考えていた。だが盗みに対してフランクと同じ考え方をすることは期待できなかった。ディックのまわりでは盗みが日常茶飯事だったから、嫌悪感を抱くほどのことではなかったのだ。

そうこうするうちに乗客たちはどちらかと言えば少年たちの側についた。外見は物を言う。フランクは泥棒には見えなかったのだ。

「奥さまのお間違いではありませんか」向かいの席の紳士が言った。「その子は物を盗りそうには見えませんが」

「見かけじゃわかりません」婦人が苦々しく言った。「見かけは当てになりません。悪党ってたいてい良いなりをしているものよ」

「そうかい？」ディックは言った。「じゃあ俺がワシントンのコートを着てるとこを見てほしいね。こんな悪党見たことないって思うから」

「もう思ってるわ」婦人はそう言うと、我らがヒーローをにらみつけた。

「ありがとうございます、奥さま」ディックは言った。「そんなすばらしいお世辞はめったにいただけないんで」

「生意気言いなさんな」婦人は憤然として言った。「二人のなかじゃ、あんたのほうが悪党ね」

鉄道馬車は停められていた。

「あとどれだけここに停まっているんだ？」乗客の一人がいらだって詰問した。「急いでるんだ。ほかの人はどうか知らないが」

「お財布が要るのよ」婦人がけんか腰で言った。

「でも私は持っていないし、みんなをここに足止めしてもなんの役にも立たないんじゃないかね」

「車掌さん！　あの子を調べるために、警官を呼んでもらえません？」気分を損ねた婦人は話をつづけた。「お金をなくして、手をこまねいてるだけじゃいられないでしょ」

「お望みならポケットを全部ひっくり返します」フランクが堂々と言った。「警官はいりません。車掌さんでもどなたでも僕を調べてかまいません」

「それでは、きみ」車掌が言った。「ご婦人がいいと言ったら、私が調べよう」

婦人は同意を示した。

それに応じてフランクはポケットをひっくり返したが、出てきたのはフランクの財布とペンナイフだけで、ほかには何も出てこなかった。

「さあ奥さま、これでよろしいですか」車掌は訊ねた。

「よくないわ」婦人はきっぱりと言った。

「この子が持っているとは、もう思っていらっしゃいませんね？」

「ええ。でも仲間に渡したのよ。あそこにいる生意気な子に」

「俺です」ディックがおどけてた。

「白状してるじゃないの」婦人が言った。「あの子を調べてほしいわ」

「いいですよ」ディックは言った。「どうぞ。ただ、キチョー品があるんで、俺のエリー証券を一枚も落とさないように気をつけてください」

車掌はただちにディックのポケットに手を入れた。引き出されたのは、さびついたジャックナイフ、ひしゃげた一セント硬貨、小銭五十セントほど、そしてあの大きな財布だった。ボストンにいる病気の家族のもとへ帰りたがったペテン師から受け取った財布だ。

「奥さまのものですか？」車掌が訊ねた。掲げた財布がたいへん大きかったため、ほかの乗客たちがかなり驚いていた。

「若いのにずいぶん大きな財布を持ち歩いているようだね」車掌が言った。

「現金と有価ショーケンを入れてるんだ」ディックは言った。

「奥さまのものではないですね」車掌が婦人のほうを向いて言った。

「違います」婦人は馬鹿にして言った。「そんな大きな財布は持ち歩きません。たぶん誰かから盗ったんでしょうよ」

「きっと第一級の探偵になれるよ！」ディックは言った。「もしかして、誰から盗った財布なのかもわかります？」

「私のお金がそこに入っているってこと以外、知りません」婦人はきつい口調で言った。「車掌さん、財布を開けて中身を見せてくださいます？」

「有価ショーケンをぐちゃぐちゃにしないでくださいよ」ディックは芝居がかった不安げな声音で言った。

財布の中身は乗客たちの興味をかなりそそった。

「どうやらお金はあまり入っていないようです」薄い紙を紙幣の大きさに切り、くるりと丸めた束を取り出しながら、車掌は言った。

「ええ」ディックは言った。「持ち主以外には価値のない紙だと言いませんでした？ご婦人が借りたいとおっしゃるなら、利子はいりませんよ」

「じゃあ、私のお金はどこ？」婦人はいくぶんうろたえながら言った。「あの悪ガキのどっちかが窓から投げていても驚かないわ」

「もう一度ご自分のポケットを調べたほうがいいですよ」向かいの紳士が言った。「どちらの少年も悪くなさそうだ。物を盗るようには見えない」

「ありがとうございます」フランクが言った。

婦人は提案にしたがい、ポケットにふたたび手をつっこみ、小さな財布を引き出した。婦人はこの発見を喜んでいいのか悔やんでいいのかわからなかった。騒ぎを起こした揚げ句、バツの悪い立場に置かれた上、乗客に食わせた足止めもまったくの無駄だったのだ。

「盗られたと思われたお財布ですか？」車掌が訊ねた。

「ええ」婦人はかなり取り乱して、言った。

「では、いままで無駄に待たされていたわけですな」車掌は厳しく言った。「今度からこんな空騒ぎを起こす前にちゃんとご確認ください。五分無駄にした。遅延する」

「しょうがなかったのよ」というのが不機嫌な返事だった。「ポケットに入ってるなんて知らなかったんだもの」

「してもいない盗みを疑われた少年たちに謝るべきではありませんか」向かいの紳士が言った。

「誰にも謝りません」もともと穏やかな性質ではない婦人が言った。「それも、こんな小生意気な若造たちなんかに」

「ありがとうございます、奥さま」ディックはおどけて言った。「立派な謝罪をお受けします。小さなことですよ。ただ、大事な財布の中身を人目にさらすのがいやだったんです。貧しい隣人たちのねたみを買うといけないので」

「きみは大物だねえ」さきほど口を開いた紳士がほほえみながら言った。

「大悪《おおわる》よ！」婦人がつぶやいた。

だが、居合わせた人々が婦人に反感を覚え、あらぬ疑いをかけられた少年たちに同情していることは一目瞭然だった。ディックのとぼけた言動も人々をかなり楽しませた。

鉄道馬車はセントラル・パークの南端、五十九丁目に到着し、我らがヒーローとその連れは下車した。

「すりに気をつけるんだよ」車掌が愛想よく言った。「あの大きな財布はたいへんな誘惑になるかもしれないから」

「そうですね」ディックは言った。「それが金持ちの不運なんです。強盗が入って、キチョーな財宝を盗まれるんじゃないか心配で、アスターも僕もおちおち眠れません。ときどき思うんですよ、俺の有り金を孤児院に残らず寄附するのと引き換えに食事を出してもらえないかって。その事業で金が儲かると思うんですがね」

ディックが話している最中に鉄道馬車は走り去り、二人の少年は五十九丁目を歩きだした。セントラル・パークまで、長いブロックがまだ二つあるのだ。

第十章　詐欺師を信じた被害者登場

「きみって変わってるね！　ディック」フランクが笑いながら言った。「いつも上機嫌なんだもの」

「そんなこたないよ。ときどき憂鬱《ブルー》になるさ」

「どんなとき？」

「そうだな、去年の冬、すげえ寒いときがあったんだ。靴にでかい穴がいくつもあって、手袋やあったかい服はみんな仕立屋に預けてた。人生がなんだかきつい気がしてさ、どっかの金持ちが養子にしてくれたらなあ、自分でぬかりなく探さなくても、飲むもの、食うもの、着るものをたっぷりもらえたらなって思ってね。それに、いいうちがあって、父親がいて、母親がいる子たちを見かけるたびに、俺にも気にかけてくれる人がいたらって思ったもんさ」

　こう話しているうちにディックの声は普段の軽みを失い、一抹の哀しみを帯びていた。良い家庭と心の広い両親に恵まれているフランクは、人生をかくもつらい道のりと知らざるを得なかった、味方のない少年を哀れまずにはいられなかった。

「気にかける人がいないなんて言わないで、ディック」フランクは言い、ディックの肩にそっと手を置いた。「僕が気にかける」

「そうしてくれる？」

「きみさえよければ」

「そうしてよ」ディックは熱心に言った。「気にかけてくれる友だちが一人はいるって思いたい」

このとき二人の目の前にセントラル・パークが広がっていた。だが現在の様子とは大違いだった。工事がはじまって間もない当時は粗削りで未完成だった。北から南まで長さ四キロ、幅〇・八キロ、あちこち岩だらけの荒れた一帯を基盤として公園委員たちが現在の美しい囲い地を作ったのだ。当時は付近にしゃれた家などなかった。建物と言えば、公園を整えるために雇われた職人が使う掘っ建て小屋ぐらいだった。いずれ公園が洗練された住居に囲まれ、その点で世界じゅうのいかなる都市の最高に魅力的な地域にも引けを取らない日は必ず来るだろう。だがフランクとディックが訪れたときは、公園についてもその界隈についても、たいして芳しいことは言えなかった。

「これがセントラル・パークなら」当然ながらがっかりしたフランクが言った。「たいしたことはないんだねえ。父さんが持っている大きな牧草地のほうがずっとましだよ」

「いつかよくなるよ」ディックが言った。「いまは見るもんが岩くらいしかないからな。よかったら散歩しようか」

「やめとくよ」フランクが言った。「もうここは充分見たよ。それに疲れてきちゃったし」

「じゃあ戻ろう。六番街の鉄道馬車に乗ればいい。ヴェシー通りで降ろしてもらえる。アスター・ハウスのすぐそばだよ」

「いいよ」フランクは言った。「それが一番いいコースだね。そうそう」彼は笑いながらつづけた。「僕らの上機嫌な友だちのご婦人が乗っていないといいね。また盗みの疑いをかけられるのはごめんだよ」

「きつい人だったね」ディックは言った。「きっといい奥さんになるよなあ。熱湯につかって暮らすのが好きで、一日に二、三べんはやけどをしてもいいって男がいれば、ね?」

「うん、その人にはぴったりだね。あの鉄道馬車でいいの、ディック?」

「そう。さあ、先に飛び乗って」

六番街には多くの店が並び、その大半は外観がたいへんきちんとしていて、ほどほどの大きさの都市であればたいそう立派な目抜き通りとなるだろう。だがこの島には縦に走る長いビジネス街がいくつもあり、六番街はその大通りの一本にすぎない。これらの大通りは、この都市がどれほど広く、重要であるかを示している。

　ダウンタウンへ向かう車内では特筆に値する出来事は起こらなかった。約四十五分後、二人はアスター・ハウスの横で降りた。

「部屋に戻るかい、フランク？」ディックが訊ねた。

「まだ何か見せてもらえるかどうかによるね」

「ウォール街に行ってみたくない？」

「銀行家や株式仲買人が大勢いる通りだよね？」

「そう。牡牛《ブル》や熊《ベア》は怖くないだろ？」

「牡牛や熊？」フランクは訳が分からずに復唱した。

「うん」

「何のこと？」

「株価を突き上げようとするのが牡牛で、うなって株価を下げようとするのが熊だよ」

「あ、そうか。ぜひ行きたいよ」

　そこで二人はブロードウェイの西側をトリニティ教会まで進んで道を渡り、広くも長くもないがたいへん重要な通りに入った。そこで一日に取引される金額を知ったら、読者は驚愕するだろう。ブロードウェイのほうがはるかに長く、店もずらりと並んでいるが、取引高ではウォール街に次ぐ二位だ。

「あの大理石の大きな建物は？」フランクがそう訊ねて指さしたのは、ウォール街とナッソー通りが交差する角にある壮大な建造物だった。縦六十メートル、横二十七メートル、高さは二十四メートルほどあり、平行四辺形に似て見えるのは、玄関口まで上がってゆく、十八段からなる御影石の階段ゆえだった。

「税関だよ」ディックが言った。

「アテネのパルテノンの絵みたいだ」フランクが物思いにふけりながら言った。

「アテネってどこにあるの？」ディックが訊ねた。「ニューヨーク州じゃないよね？」

「少なくとも僕の言ってるアテネは違う。ギリシアの都市で、二千年前にとても有名だったんだ」

「そりゃあ俺が覚えてるより昔だね」ディックが言った。「俺は千年ぐらいで記憶が怪しくなっちゃうから」

「なんてやつだ、ディック！　なかに入れるかどうか、知ってる？」

少し訊ねてみると、入れてもらえることが確認できた。そこで二人は税関に入り、屋上にたどり着いた。港、積み荷がぎっしり並ぶ波止場、お隣のロングアイランドとニュージャージーの岸が見渡せた。北側を見下ろすと、いくつもの通りが何マイルも連なり、何千もの屋根があり、ところどころに教会の尖塔が抜きんでていた。ディックもここに上るのははじめてで、フランクと同じく眼前に広がるすばらしい眺めに興味を持った。

ようやく下に戻り、屋外の御影石の階段を降りる途中で、一人の青年に声をかけられた。青年の姿は描写に値すると思われる。

背が高く、締まりのない体格で、目は小さく、鼻はかなり目立っていた。着ている服が都会の仕立屋製ではないことは明らかだった。真鍮ボタンがついた青いコートをまとい、ズボンの面積はかなり乏しくて脚を覆うには数センチ足りなかった。青年は紙を一枚手にしており、困惑と不安のまじった表情を浮かべていた。

「なかで金の支払いしてっかな？」青年は手ぶりで建物のなかを示しながら訊ねた。

「してんじゃないかな」ディックは言った。「いまからもらいに行くの？」

「そう。これ、六十ドルの為替なんだよ。今朝ちょっと投機をしてね」

「どんな投機ですか？」フランクが訊ねた。

「それがさ、銀行に預ける金を持ってきたんだ、五十ドル。どこに預けるかまだはっきり決めてなかった。そしたら大慌ての男が来てな。ああ、残念、銀行はまだ開いてないのか、いますぐ金がいるのにって言うんだよ。次の汽車でこの街を出なくちゃいけないって。いくらいるのか訊ねたら、五十ドルって言われた。それならあるって言ったら、この銀行の小切手で六十ドルを払うって言うから、金をやったのさ。手軽に十ドル儲ける方法だと思ったから、金をかぞえて渡して、その人は行った。支払いがはじまったらベルが聞こえるって言ってた。でもかれこれ二時間待ってんのに、まだ聞こえねえ。俺も、もう行かねえと。今晩帰るって親父に言ってきたんでね。もう金をもらえるかね？」

「その小切手を見せてもらえますか？」フランクが訊ねた。田舎者の話をじっくり聞き、この人は詐欺師のカモにされたのではないかと思ったのだ。小切手は「ワシントン銀行」のもので、金額は六十ドル、「エフライム・スミス」と署名されていた。

「ワシントン銀行！」フランクは繰り返した。「ディック、ここにそんな銀行ある？」

「俺は知らないね」ディックは言った。「少なくとも、そこの株は持ってない」

「ここ、ワシントン銀行じゃねえのか」三人が立っている階段の上の建物を指し示しながら、田舎者が訊ねた。

「ううん、税関だよ」

「じゃあ、これを渡しても金はくれないのか？」青年は訊ねた。額に汗がにじんでいた。

「それをあなたに渡した男はどうも詐欺師のようです」フランクが静かに言った。

「じゃあ俺の五十ドルはもう戻ってこねえのか？」青年は苦悶の表情で言った。

「残念ですが」

「親父はなんて言うだろう？」みじめな青年は急に叫んだ。「考えただけで胸くそ悪い。やつがここにいればな。思いきり揺すってやるんだが」

「どんなやつだった？　警官を呼んでくるから、人相を言うんだ。そうすれば金の行方がわかるかもしれない」

ディックは警官を呼んだ。警官は人相を聞き、男が詐欺師の常習犯だとわかった。金が戻る確率はほとんどないと警官は田舎者に保証した。みじめな青年が不運を嘆き悲しんでいるのをあとにして、二人の少年はまた歩きだした。

「赤ん坊だ」ディックが軽蔑するように言った。「自分と自分の金は守れないとな。この街では気をつけていないと、知らないあいだに大事なものまでなくしちまう」

「きみは五十ドルだまし取られたことはないんだろうね、ディック？」

「ないよ。そんな細かい金は持ち歩かないから。持ち歩きたいけどさ」ディックは最後につけ足した。

「僕もだよ、ディック。あの角の建物は何？」

「ブルックリン行きのウォール・ストリート・フェリーだよ」

「向こうに渡るまでどれくらいかかる？」

「五分もかかんない」

「じゃあ向こうに渡って、とんぼ返りするのはどう？」

「いいよ！」ディックは言った。「金はちょっとかかるけど、きみさえよけりゃ、俺はかまわねぇよ」

「えっ、いくらかかるの？」

「一人二セント」

「それならなんとかなりそうだ。行こう」

入口に立っている男に運賃を払ってゲートを通り、二人はまもなくブルックリン行きフェリーの船上にいた。

乗船してまもなく、ディックがフランクの腕をつかみ、男子船室のすぐ外にいる男を指さした。

「あすこに男がいるだろ、フランク？」ディックは言った。

「うん。あの人がどうかした？」

「さっきの田舎者から五十ドル巻き上げた男だよ」

第十一章　ディックの探偵ぶり

田舎の青年をだました悪党をディックがすぐにわかったことにフランクは驚いた。

「なんであの人だと思うの？」フランクは訊ねた。

「前にも見たことあるし、ああいうやり口だって知ってるから、人相を聞いてピンと来たんだ」

「あの人だとわかっても、あまり役に立たないんだよねえ」フランクが言った。「それだけじゃ、あの田舎の人のお金は戻らないもの」

「それはどうかな」ディックは考え深げに言った。「俺が取り戻せるかも」

「どうやって？」フランクは疑わしそうに訊ねた。

「ちょっと待ってて。いまにわかる」

ディックはフランクから離れ、疑わしいと思う男のところに歩み寄った。

「エフライム・スミス」ディックは低い声で言った。

男はさっと振り返り、不安そうにディックを見た。

「何だって？」男は訊ねた。

「お名前はエフライム・スミスさんですよね」ディックはそうつづけた。

「違うよ」男は言い、離れていこうとした。

「ちょっと待った」ディックが言った。「ワシントン銀行に預金してません？」

「そんな銀行知らないね。急いでんだ。馬鹿げた質問につきあっちゃおれん」

船はすでにブルックリン埠頭に到着しており、エフライム・スミス氏は上陸したくてうずうずしているようだった。

「あのう」ディックが意味ありげに言った。「上陸しないほうがいいですよ。警察の腕に飛び込みたくなければ」

「どういうことだ？」男は驚いて訊いた。

「あの小さな一件が警察に知られたんです。偽の小切手を使って、青二才から五十ドル巻き上げたってことが。陸に上がるのは安全じゃないかも」

「なんの話か、さっぱりわからないね」詐欺師は豪放を装って言ったが、ディックには相手の焦りが見てとれた。

「いや、わかってるね」ディックは言った。「できることはただひとつ、あの金を俺に返せば、あんたに指一本触れさせない。さもないと最初に会った警官に引き渡す」

ディックが断固たる態度を示しており、話し方も自信満々だったため、男は恐ろしさのあまりそれ以上躊躇《ちゅうちょ》せず、丸めた紙幣をディックに渡し、大急ぎで下船した。フランクはこの成り行きを目撃して大いに驚いた。ディックが詐欺師に対していかなる影響力を持って損害賠償をさせえたか、わからなかったのである。

「どうやったの？」フランクは熱心に訊ねた。

「大統領に顔がきくから身柄提出令状を使ってお前を審理してもらうと言ったのさ」ディックは言った。

「それで敵は当然こわくなったって訳か。でも、冗談抜きで教えて」

ディックは物事が起こったとおりに話したあとで言った。「さあ戻って、金を持ってゆこう」

「あのかわいそうな田舎の人が見つからなかったら？」

「そしたら警察が面倒を見てくれるさ」

二人は上陸せずに船に留まり、五分後にはニューヨークに戻っていた。ウォール街を歩いていると、税関から少し離れたあたりであの田舎者に会った。青年の顔には深い苦悩のあとがくっきりと残っていた。しかし彼の場合、悲しみですら切なる食欲を抑えきれなかった。りんごとシードケーキを並べて通行人に売っている老女たちの一人から、青年はすでにケーキを何個も買い、悲しげな満足感を覚えながらむしゃむしゃ食べていた。

「やあ！」ディックが言った。「金は見つかった？」

「いいや」青年は不意に激しい調子で言った。そして発作的にあえいだ。「もう二度と見らんねえんだ。あの卑しいスカンク野郎がだましとりやがった。ちくしょう！あの金、半年近くかかって貯めたのに！　故郷《くに》のピンカム助祭のもとで働いてさ。あ、ニューヨークに来なきゃよかった！　助祭が金を預かるって言ってくれたんだよ。でも俺が銀行に預けたかったせいで全部なくなった。おおん、おおん！」

みじめな青年はすでにケーキを平らげていたため、いまは失くしたものを思って胸もつぶれ、わっと泣きだした。

「ねえ、ちょっと」ディックが言った。「泣きやんでよ。これを見て」

青年は紙幣の束を目にし、失くした宝物だとわかるやいなや、苦悩のどん底から歓喜の絶頂まで上りつめた。青年はディックの手をつかみ、ものすごい力強さで握手したため、我らがヒーローは自分の手の無事を案じ、はらはらした。

「俺の腕をポンプの持ち手と思ってるようだね」ディックは言った。「感謝の気持ちは別のやり方で見せてもらえる？　俺もそのうち腕を使いたくなるかもしれないしさ」

そこで青年は握手を止めて、田舎の家に来て一週間泊まってくれるようディックに熱心に勧め、宿代は決して請求しないと保証した。

「よし！」ディックは言った。「きみさえよけりゃ、かみさんを連れてくよ。かみさんは体が弱くてねえ。田舎の空気は体にいいかもしれないな」

名をジョナサンというこの青年は驚愕し、既婚者だとは信じられないふうにディックを見つめた。傍目にわかる仰天ぶりをそのままにディックはフランクと共に去ったため、ジョナサンはいまなおこの件で首をかしげているかもしれない。

「さて」フランクが言った。「アスター・ハウスに戻ろうかな。そろそろおじさんも仕事を終えて戻っている頃だ」

「そうだね」ディックが言った。

二人の少年は銀行家や株式仲買人たちの通りにトリニティ教会の高い尖塔が面している場所でブロードウェイに出て、ホテルまでゆっくり歩いた。アスター・ハウスに着くと、ディックが「じゃあねフランク」と言った。

「まだだよ」フランクが言った。「一緒になかに来てほしい」

ディックは若い後援者につづいて階段を上った。フランクが読書室に行くと予想が当たって、おじさんはすでに戻っており、外で買ったばかりの『イヴニング・ポスト』紙を読んでいた。

「やあ」おじさんは顔を上げて言った。「楽しい遠足だったかね？」

「はい」フランクが言った。「ディックは第一級のガイドです」

「ということは、これがディックか」ホイットニー氏はほほえみ、ディックを眺めた。「これはこれは。見違えたよ。身なりがよくなって、お祝いを申し上げる」

「フランクにとてもよくしてもらったんです」ディックは言った。粗野な浮浪児だったが、人の情けに敏感だった。優しくされた経験はごく少なかった。「とびきりいいやつです」

「いい子だとは思う」ホイットニー氏は言った。「私はね、きみの立身出世を願っているよ。この自由な国では、若いときに貧乏でも出世の妨げにはならないことは知っているね。私はたいして出世はしていないが」氏はほほえみながら、つけ加えた。「ほどほどの成功はした。でも、むかしきみぐらい貧乏だったこともあるんだ」

「そうなんですか」ディックが熱心に訊いた。

「ああ。昼食代がなくて、抜かなくてはいけない時期があった」

「どうやって身を立てたんですか？」ディックが心配そうに訊ねた。

「印刷所に見習いとして入って、何年か働いたんだ。やがて目を悪くして、やめなくてはいけなくなった。ほかに何をしたらいいかわからなくて、田舎に行って農場で働いた。しばらくすると運よく機械を発明できて、大金が入った。でも、印刷所にいた頃に手に入れて、お金よりも大事にしているものがある」

「なんですか？」

「読書と勉強が好きになったこと。ひまなときに勉強して自分を高めた。いま知っていることの大半はそのとき身につけた。あとで発明の糸口をくれたのも、その頃読んだ本なんだ。だから勉強する習慣は、ためになったし、お金にもなったんだ」

「俺はなんにも知らないんだ」ディックが真面目に言った。

「でも若いし、私が見るに賢い少年だ。学ぶ気があれば学べるし、世の中で何かを為したいと思うなら、本のことを少しは知らなくてはいけないよ」

「俺、やるよ」ディックがきっぱりと言った。「一生靴磨きで食べてはいかない」

「労働に貴賤《きせん》はないんだよ。まっとうな稼業を恥じる理由はない。でも、将来の見込みがもっとよくなる仕事につけるときが来たら、そちらを取るといい。それまでは慣れた方法で生計を立て、ぜいたくをつつしんで、できればお金を少し貯めるんだ」

「教えてくれてありがとうございます」我らがヒーローは言った。「ぼろ着のディックを気にかけてくれる人は少ないんだ」

「それが名前だね」ホイットニー氏は言った。「私の目が正しければ、改名まで長くはかかるまい。お金を貯めて、本を買って、ひとかどの人物になろうと決めるんだ。そうすれば名誉ある地位に将来つけるかもしれない」

「がんばります」ディックは言った。「おやすみなさい」

「ちょっと待って、ディック」フランクが言った。「道具箱と、前に着ていた服が上にあるよ。いるんじゃない？」

「あたりき」ディックは言った。「一張羅と商売道具がなきゃ、やってけない」

「フランク、ディックと一緒に上に行っておいで」ホイットニー氏が言った。「係がキーをくれる。ディック、行く前にもう一度会いに来て」

「はい」ディックが言った。

「今日はどこで寝るの、ディック？」階段を一緒に上がりながら、フランクが訊ねた。

「五番街ホテルかなあ。ホテルの外でね」ディックが言った。

「じゃあ寝るところがないんだね？」

「昨日の夜は箱のなかで寝たんだ」

「箱？」

「うん。スプルース通りでね」

「かわいそうに！」フランクが同情をこめて言った。

「でも、最高のベッドだったよ。わらがぎっしり！　ぐっすり眠ったよ」

「部屋を借りられるくらい稼ぎはあるんでしょ、ディック？」

「あるよ」ディックは言った。「でも、無駄遣いしちまう。オールド・バワリーに行ったり、トニー・パスター劇場に行ったり、ときたまバクスター通りで賭け事をしたりで」

「もう賭け事はしないよね。ね、ディック？」フランクは説きつけるように友人の肩に片手を置いて言った。

「しない」ディックは言った。

「約束する？」

「うん。ちゃんと守るよ。いいやつだな。ずっとニューヨークにいればいいのに」

「これからコネチカットの寄宿学校に行くんだ。バーントンって町だよ。手紙をくれる、ディック？」

「俺の字はきっとニワトリの足跡みたいだよ」

「そんなことかまわない。書いてほしい。手紙をくれるときに宛先を教えて。手紙を出すから」

「出してよ」ディックが言った。「俺、もっときみみたいだったらいいんだけどな」

「僕よりもずっといい子になってほしいよ。さあ、おじさんのところに行こう。きみが行く前に会いたがってたから」

　二人は読書室に入った。ディックはフランクからもらった新聞紙で靴を磨くブラシをくるんでいた。アスター・ハウスから客が出る際に、そのような職業のしるしが人目についてはいけないと思ってのことだった。

「おじさん、ディックの支度ができました」フランクが言った。

「さよなら」ホイットニー氏が言った。「いつかいい便りを聞きたい。さっきの話は忘れないこと。将来の地位は、主にきみにかかっている。きみのやる気次第で高くも低くもなると覚えておくんだよ」

ホイットニー氏が差し出した手には五ドル札があった。ディックは尻込みした。

「もらえません」ディックは言った。「それに見合うことはしてないから」

「たとえそうだとしても」ホイットニー氏は言った。「私に友だちがいなかった若いころを覚えているから、あげるんだよ。役に立てばいいが。いずれきみが裕福になったら、いつかどこかの貧しい少年を助けて、返してくれるといい。いまのきみのように、上がっていこうとがんばっている子に」

「はい」ディックは男らしく答えた。

ディックはもう固辞せずに金をありがたく受けとり、フランクとそのおじに別れの挨拶をすると通りに出た。フランクのそばを離れるとき、寂しさに襲われた。知りあって数時間でフランクに強い愛着を持つようになっていたのである。

第十二章　ディック、モット通りで間借りする

外気に当たるとディックは猛烈に空腹を覚えた。そこでレストランに行き、しっかりした夕食をとった。まとっていた新しい服がいつもより少し貴族的な気分にしてくれたのかもしれない。いずれにせよ、いつも食事をしている安い料理店ではなくラヴジョイズ・ホテルの食堂に行った。いつもの店よりも値が張り、人々は上流だった。普段の服装だったら追い出されただろうが、いまやディックはたいそう立派な外見で、紳士的な少年然としていたし、どんな店の評判も汚さない存在だった。だからディックの注文にウェーターは丁重に応対し、やがて目の前においしい夕食が運ばれてきた。

毎日ここに来られたらな、とディックは思った。あっちの店に比べてここはなんかこぎれいで立派だな。あのテーブルにいるだんなの靴を何度か磨いたことあるぞ。新しい服のせいで、俺だとわからないんだ。同じ店に靴磨きが来ているなんて、知らないんだろうな。

夕食が済むとディックは帳場へ行き、勘定書きを出し、まだたくさん持ち合わせて

いるかのように、五ドル紙幣で勘定を払った。釣りを受け取り、通りへ出た。

さて、問題が二つ持ちあがった。今晩何をして、どこで夜を明かすか。昨晩これほどの大金があれば、どちらにも即答しただろう。晩はオールド・バワリーで過ごし、ねぐらは人目につかない場所さえあればどこでもよかった。でも心機一転したのだ。もしくは心を入れ替えようと決めたのだ。いずれ何かの役にたつように貯金をはじめるつもりだった。出世の助けになるように。だから芝居に割く金はなかった。それに新しい服を着ているから、野宿をする気もなかった。

野宿をしたら、きっと服が台無しだと思った。それじゃあ引きあわない。

だから、いつも住むことができて、自分のものと見なせて、夜眠れる部屋を見つけようと決めた。そうすれば、まぐれ当たりの宿として箱や古い荷馬車に頼らなくていい。それがまっとうになるための第一歩で、ディックはその一歩目を踏み出そうと決めていた。

そういう訳でディックは市庁舎公園を抜けてセンター通りをゆったりと歩いた。

財布のなかにはあの有価証券のほかに、手持ちの現金資本が約五ドルあるものの、五番街で下宿を探すのは賢明ではなかろうとディックは考えた。そもそもあの貴族的な通りに同業者が一人でも住んでいるのか、当然ながら疑問に思った。そこでもったいぶりの度合いが五番街よりも低いモット通り方面へ進み、レンガ造りのみすぼらしい下宿屋の前で立ち止まった。大家はムーニーさんといって、息子のトムは知り合いだった。

呼び鈴を鳴らすと、キンキンする金属音が返ってきた。

だらしない召使いがドアを開き、不審そうにディックを見る視線には好奇心も混じっていた。ディックがよい身なりで、外見からは生業の見当がつかなかったことを思い起こしてほしい。もともと美男子だったから、紳士の子息と間違われてもおかしくなかった。

「おや、ヴィクトリア女王」ディックは言った。「おかみさんはいる？」

「あたしはブリジットよ」少女は言った。

「そうかい！」ディックは言った。「こないだのクリスマスに、女王と肖像画を贈りあったときにもらったやつとそっくりだったんで、つい女王の名前で呼んじゃった」

「変なこと言わないでよ！」ブリジットが言った。「からかってんでしょ」

「信じてくれないなら」ディックはおごそかに言った。「俺の大親友のニューカースル公に訊いていいよ」

「ブリジット！」地下室から甲高い声が呼んだ。

「おかみさんが呼んでる」ブリジットが慌てて言った。「会いに来た人がいるって伝えるよ」

「よろしく！」ディックが言った。

召使いは地下に降りていき、まもなく恰幅がよくて赤ら顔の女が現われた。

「空き部屋はありますか？」

「ご自分のため？」女はいくぶん驚いて訊ねた。

ディックはそうだと応じた。

「いい部屋は空いてないんです。三階の小さな部屋ならありますけど」

「見せてください」ディックは言った。

「お気に入らないかと」女はディックの服を見遣って言った。

「宿泊設備にはあまりこだわらないんで」我らがヒーローは言った。「見せてください」

ディックは大家につづいて、狭くて、じゅうたんのない、汚い階段を二階分あがり、三階で約三メートル四方の部屋に通された。あまり心惹かれる部屋とは言えなかった。かつてはオイルクロスが敷かれていたが、いまやすりきれ、無いほうがましのようだった。部屋の隅にシングルベッドがあり、その上に乱雑に広がる寝具はしわだらけで清潔とは言いかねた。備わっているたんすの化粧張りにはひっかき傷があり、ところどころはがれていた。小さな鏡もあった。横二十センチ、縦二十五センチで、真ん中がひび割れていた。さらに、かなりぐらつく椅子が二脚あった。ディックの風采から見て、きっと軽蔑してやめるだろうと大家のムーニーさんは考えていた。

だがディックは経験上、選り好みの激しい人間になるはずがないことを思い出さなくてはならない。箱やら空の荷馬車に比べれば、この狭い部屋すらディックには快適に思えた。家賃が手頃なら借りることにした。

「で、家賃はいくらですか」ディックは訊ねた。

「週に一ドルはいただきませんと」ムーニーさんはためらいながら言った。

「七十五セントにしてくれたら、借ります」ディックは言った。

「毎週、前払いで？」

「はい」

「こんなご時世だから空けとくわけにはいかないし、それで結構ですよ。いつから入りますか？」

「今晩から」ディックが言った。

「あんまりきれいじゃありませんで、今晩片づけられるかどうか」

「じゃあ、今晩はこのまま寝るんで、片づけるのは明日でいいです」

「こんなで、すいませんねえ。独り身で、手伝いの者があんまり無精なんで、あたしが何でもやらなきゃいけなくて、思うほどきれいにできなくて」

「大丈夫ですよ！」ディックは言った。

「一週目も前払いをお願いできますか」大家のムーニーさんは用心深く言った。

ディックはそれに応じてポケットから七十五セントを出し、大家の手にのせた。

「お仕事を聞いてもいいですか」ムーニーさんは言った。

「えーと、専門職です！」ディックは言った。

「そうですか！」ムーニーさんは言った。ディックの返事を聞いても、あまりわかった気にならなかった。

「トムは元気ですか？」

「うちのトムをご存じで？」ムーニーさんは驚いて、そう言った。「あの子、航海に出たんですよ。カリフォルニアへ。先週発ちまして」

「そうですか」ディックが言った。「そうなんですよ、知り合いなんです」

息子の知り合いだと聞いて、ムーニーさんは新しい下宿人にあらためて好意をもった。ところでこの息子は、モット通りの若いならず者のなかでも最悪の部類に入っていた。つまり相当な不良というわけだ。

「荷物を今晩アスター・ハウスから取ってきます」ディックがものものしく言った。

「アスター・ハウスから！」ムーニーさんはいよいよ驚いて言った。

「ええ、少しだけ友だちといたんです」

アスター・ハウスの客が下宿人になろうとしていると知って、ムーニーさんがいくぶん驚いたことは大目に見られるだろう。そんな引っ越しはごく稀だ。

「専門職でしたね？」ムーニーさんは訊ねた。

「はい」ディックは礼儀正しく言った。

「ま、まさか……」ムーニーさんはどんな憶測を試みてよいのかわからず、ためらった。

「いえ、とんでもない」ディックは即答した。「それはあんまりじゃないですか、ムーニーさん」

「悪気はなかったんです」ムーニーさんはますます混乱して言った。

「そうでしょうとも」我らがヒーローは言った。「でもそろそろ失礼します、ムーニーさん。大事な用があるので」

「今晩来られるんですね」

そうだとディックは応じて立ち去った。

いったい何者だろう！　大家のムーニーさんはそう思い、道を渡るディックを目で追った。身なりはいいけど、あの部屋についてやかましいことは言わなそうだし。まあ、これで部屋が全部ふさがった。それは慰めだね。

ディックは間借りをして一週間の家賃を前払いするという決定的な一歩を踏み出したため、前よりも気が楽になった。これから七晩、宿とベッドが確実にある。我らが若き浮浪者はそう思うと気分がよくなった。朝起きたときにその晩の寝床がどこで見つかるかわかっていたことなど、それまではめったになかったのだ。

手回り品を持ってこないとな、とディックは考えた。今晩は早寝しよう。普通のベッドで眠るのは気持ちいいだろうなあ。箱って背中にはずいぶんつらいし、雨が降りゃ居心地がよくない。俺が部屋を手に入れたと知ったら、ジョニー・ノーランはなんて言うかな。

第十三章　ミッキー・マグワイア

九時ごろにディックは新しい下宿に行った。持って行ったものは仕事着、つまり一日のはじめに着ていた服、そして商売道具だった。これらをたんすの抽斗にしまい、ちらちらするろうそくの灯のもとで服を脱ぎ、ベッドに入った。ディックは胃腸が丈夫で、やましいこともなかったから、いつもよく眠れた。やわらかい羽毛のベッドも眠りをもたらしたのだろう。ともかく目はまもなく閉じ、翌朝の六時半まで目が覚めなかった。

ディックは片肘をついて起き上がると、一瞬うろたえてあたりを見まわした。どこにいるのか、忘れてた。ここが俺の部屋ってわけか？　なるほど。寝る部屋とベッドがあるのは、なんかまっとうな感じがする。週七十五セントなら払えるはずだ。一晩でもっと溝《どぶ》に捨てたこともあるんだし。俺がまっとうに暮らしちゃいけない理由はない。フランクぐらい物知りだったらなあ。あいつはとびきりのやつだ。俺のことを気にかけて助言してくれる人なんて、いままでいなかった。ずっと蹴りと平手打ちと罵りばっかり。俺にも何かできるってフランクに見せたいな。

　こうした考えにふけりながらディックはベッドから出て、家具が加わっているのを見つけた。古びた洗面台で、ひびの入った洗面器と欠けた水差しが載っていた。そこで、顔をていねいに洗うというめったにない儀式に携わった。概してディックは清潔でいることを好んだが、常にかなう望みではなかった。ディックが習わしとしていたように路上を宿としていると、通常の方法で身支度する機会はまったくなかった。現にいまも、櫛《くし》もブラシもないため、乱れた髪を整えることはできないとわかった。せめて櫛だけでもなるべく早く買おう、安く手に入るならブラシも買おうとディックは決意した。とりあえず手櫛でなるべくきれいにとかしたが、不満は残った。

　ここで、考えなければならない問題が持ち上がった。ディックは生まれてはじめて服を二そろい持つ身となった。フランクから譲られた服を着るべきだろうか。もとのぼろ着に戻るべきだろうか。

　さて、二十四時間前に読者にお目見えしたとき、ディックほど身なりに無頓着な人間はいなかった。事実、よい服をむしろさげすんでいた。少なくとも自分ではそう思っていた。しかし、ぼろくて汚い外套や継ぎの当たったズボンを眺めていると恥ずかしくなった。それを着て通りに出る気はしなかった。だが新しいスーツで仕事に出ればスーツを駄目にする恐れがあり、駄目にしてしまったら、新品を自前で調達できないかもしれない。倹約はもとの古着に戻るよう命じた。ディックはぼろ着にそでを通し、ひびの入った鏡に映る自分を見たが、映った姿が気に入らなかった。まっとうに見えない。そうディックは判断した。ただちにぼろ着を脱ぎ、前日の新しいスーツを着た。

もう少し稼げるようがんばろう。そうディックは思った。部屋代が要るし、この服がくたびれたら、新しいのが買えるように。

ディックは部屋のドアを開け、下に降り、道具箱を持って通りに出た。

朝飯前に仕事を始めるのがディックの習わしだった。わけを明かせば、一日のはじめはたいていお金が無くて、食べる前に稼がないと食事ができないせいだ。しかしこの日は違った。財布に四ドル残っていたが、これには手をつけないと決めていた。銀行で預金口座を開くという野心あふれる計画を立てていたのである。病気など緊急事態が生じた折の手当のためであり、ひとまずは準備金として必要に応じて衣類そのほか必需品に使う。これまで備えが一セント硬貨一枚すらないその日暮らしに満足していた。だがごく最近フランクと知り合ったおかげで、ディックの心にまっとうさという新たな展望が開け、強力な影響を及ぼしはじめていた。

ほかの仕事と同じくディックの仕事でも、何もかも順調に進む幸運日がある。新たな決意を奨励するかのように、一時間半に六つも仕事が取れた。それで手に入った六十セントは、朝食を買い、櫛も購入するに十二分な額だ。ディックは精一杯働いておなかが空いたので、小さな食堂に入り、コーヒー一杯とビフテキを注文した。ロールパンも二個つけた。ディックにとってかなりぜいたくな朝食で、日頃はここまで奮発しない。若い読者の好奇心を満たすべく、品目と代金を記そう。

コーヒー　　五セント
ビフテキ　　十五セント
ロールパン二個　　五セント
合計　　二十五セント

かくして朝の稼ぎの半分近くを我らがヒーローが使ったことがわかるだろう。これまで日によっては、朝食代は五セントしかなくて、そのあともりんごかケーキ数個でしのぐしかなかった。だが充実した朝食は忙しい一日のよき準備である。食堂からさっそうと歩み出たディックは、活発で機敏で、一仕事する態勢が整っていた。
ディックの装いの変化は、本人が思いもしなかった結果も、もたらしそうだった。ディックが貴族的になり、気取っているというふうに靴磨き仲間は思うかもしれない。つまり、靴磨きの分をわきまえず際立とうとしていると見るかもしれない。ディックはそんなことは夢にも思っていなかった。新たに生まれた志にもかかわらず、そんな気持ちは皆無だった。少年たちが「偉ぶる」と呼ぶ気持ちは、まったくなかった。ディックはとことんデモクラットだった。政治的な意味ではなく、本来の意味の「デモクラット」である。「いいやつ」だと思えば、相手の地位に関係なく誰とでも親しく交わる傾向があった。この説明をいささか不要と思われる読者もあろうが、プライドと「偉ぶる」気持ちは特定の年代や階級特有のものではなく、大人同様少年にもあり、地位の高い人たちと同じく、靴磨きにもあることを覚えておくべきだ。

朝は靴磨きにとって忙しい時間で、ディックの身なりの変化はまださほど注意を引かなかった。だが仕事が一段落すると、我らがヒーローはその影響を思い知らされる運命にあった。

ダウンタウンの靴磨きのなかにファイブ・ポインツ出身の者がいた。体格がよく、赤毛でそばかすだらけの十四歳の少年で、名はミッキー・マグワイアという。かなり頑健で、体力と大胆さと向こう見ずのおかげで同業者のなかでボスのような存在となり、従順な子分の一団を率いていた。一味にやらせる凶悪行為の結果、子分たちは刑務所があるブラックウェルズ島でしばしば一、二か月を過ごす破目になった。ミッキー自身も二度服役していたが、拘留には彼の行状を改める効果はほとんど見られなかった。唯一の改善点は、「コップス」（理由は不明だが、ファイブ・ポインツの少年たちは市の警官をそう呼ぶ）との遭遇について彼が前より少しばかり用心深くなったことだろうか。

このミッキーは自分の腕力も、腕力で手に入れたボスの立場も大の自慢だった。そのうえ好みが大衆的《デモクラティック》であり、いい身なりをして、顔を清潔に保つ人々にねたましい憎しみを抱いていた。彼らを「気取っている」と称し、彼らの言外の優越意識に憤っていた。ミッキーがもしもいまより十五歳年上で、もう少し学があれば、政治に奔走し、区の集会で重要人物となり、堅気の有権者にとって公職選挙日には恐怖の種になっていただろう。だがミッキーは子分に対して専制的な権力をふるって、若い悪漢の集団の頭であることに安んじていた。

さて、ディックのために言っておかねばならないが、きちんとした身なりに関するかぎり、それまでミッキー・マグワイアの怒りを買ったことはなかった。それどころか二人はたいてい同じ服屋の客に見えた。この朝たまたまミッキーは仕事運に恵まれず、その結果、もともと温厚ではない気立てゆえ、当然ながらかなりいらだっていた。ミッキーのその日の朝食はたいそうつましいものだった。禁欲的な気分だったからではなく、有り金が乏しかったためである。そうして、歩き方が少し風変わりだから引き足のジムというあだ名の仲良しの少年とミッキーが一緒に歩いていると、新しいスーツをまとった我らがディックがふと目に入った。

「なんと！」ミッキーは驚いて叫んだ。「ジム、ぼろ着のディックを見ろ。遺産を相続して紳士になってるぞ。やつの新しい服を見ろ」

「ほんとだ」ジムが言った。「いったいどこで手に入れたんだろ」

「かっぱらったのかね。行って、ちょっと困らせてやろう。俺らの持ち場に紳士はいらねえ。そうかい、気取ってんのかい。こらしめてやる」

そう言って二人は我らがヒーローに近づいたが、二人に背を向けていた我らがヒーローは気がつかなかった。ミッキー・マグワイアがディックの肩をぴしりと叩いた。ディックはさっと振り返った。

第十四章　戦いと勝利

「なんだよ」ディックは言い、誰が叩いたのかを見ようと振り返った。

「ずいぶんご立派になって！」ミッキー・マグワイアがさげすむふうにディックの新しい服を見ながら言った。

己の尊厳を守る気概があるディックは、ミッキーの言葉と口調が気に食わなかった。

「ふん、だからどうした？」ディックは言い返した。「おめえに迷惑かけてるか？」

「気取ってやがるよ、ジム」ミッキーは仲間に言った。「その服どこで手に入れた？」

「どこでもいいだろ。プリンス・オヴ・ウェールズがくれたのかもな」

「聞いたか、ジム」ミッキーが言った。「たぶん盗んだんだろうよ」

「盗みは俺の柄じゃないな」

「俺の」という言葉をディックは無意識に強調したのかもしれなかった。いずれにせよ、ミッキーは怒ることにした。

「俺がものを盗るっていうのか」ミッキーは詰問し、拳固をつくり、ディックを威嚇しながら向かっていった。

「そんなこたあ何も言ってねえ」ディックは答えた。ミッキーが敵意をあらわにしても、ディックは少しも動揺していなかった。「お前が島に二度行ったことがあるのは知ってる。ひょっとしたら市長と市会議員のお供で訪ねたのかもしれねえ。もしかしたら職権乱用の無実の被害者だったかもしれない。俺は何も言わねえよ」

ミッキーのそばかす顔は怒りで紅潮した。ディックは真実を述べたにすぎないのだ。

「侮辱する気か？」ミッキーはさきほどからディックの目の前で握りしめている拳固を揺らしながら詰め寄った。「殴られたいのか？」

「特別望んじゃいないね」ディックは冷静に言った。「体質に合わねえんだ。生まれつき体が弱くてね。一発食らうよりも、うまい昼飯を食う方が絶対いいね」

「こわいんだろ」ミッキーがあざわらった。「な、ジム？」

「あたりきさ」

「かもな」ディックが落ち着いた様子で言った。「けど、たいして困るほどじゃない」

「やるか？」ミッキーが迫った。ディックがおとなしいのを見て、怖気づいたのだと思い、自信をつけていたのだ。

「いや、やらない」ディックは言った。「けんかは好きじゃない。ちっとも面白くねえし、顔の色つやにも悪い。とくに目鼻によくない。赤や白や青になりがちだからな」

ミッキーはディックの真意が理解できず、話の趣旨からディックを見くびった。ミッキーも知るとおり、ディックは路上のいかなるけんかにもめったにかかわらなかった。臆病ゆえだとミッキーは思っていたが、実際はディックに良識がありすぎたからだ。ミッキーはあらゆるガキ大将同様けんか好きだった。そして、我らがヒーローより自分は五センチほど背が高いのだから、自分のほうが断然強いと考えたため、殴ってやりたい気持ちに抗えず、ディックの顔に一発食らわそうとした。命中していれば、ディックをだいぶ痛めつけただろうが、ディックは間一髪で身を引いた。

さて、ディックはけんか好きには程遠かったが、どんな状況でも身を守る心構えはできていたから、殴られておとなしく黙っていると思うのは甘すぎた。

ディックが道具箱をさっと落として強烈な反撃を加えたため、若きガキ大将はよろけてさがり、盟友引き足のジムの支えがなければ倒れていただろう。

「行け、ミッキー！」ジムはけしかけた。臆病なくせに、けんか見物は好きなのだ。

「やっちまえ、いいぞ」

ミッキーはいまや憤怒のあまり逆上し、せきたてられるまでもなかった。哀れなディックを悲惨な見せしめにするとかたく決意していた。それで相手に体当たりして地面に押さえつけようと奮闘した。だがディックは機敏な動きで組み合うことは避けた。

痛手を受けるかもしれないからだ。そして敵をつまずかせ、敵は舗道に伸びた。

「殴れ、ジム！」ミッキーは猛然と叫んだ。

引き足のジムは命令に従うつもりはなさそうだった。静かな力と落ち着きがディックに備わっていることにジムは動揺していた。ジムは戦いの危険をすべてミッキーに委ねたかったから、倒れた同志をさっそく助け起こしにかかった。

「なあ、ミッキー」ディックが静かに言った。「あきらめるがいいよ。お前が手を出さなきゃ俺はさわりもしなかった。けんかは好きじゃないんだ。低級だからさ」

「服を傷めんのが心配なんだろ」ミッキーは冷笑しながら言った。

「そうかもな」ディックが言った。「お前のも傷めてなきゃいいが」

ミッキーは答える代わりに新たな反撃を加え、それも第一撃と同じく荒っぽく、激烈だった。だが、憤怒が障害となった。目測せずにやみくもに打ったため、ディックは難なくよけることができた。そのためパンチは空を切り、勢いづいていたミッキーはまっさかさまに転びそうになった。ディックは敵のふらつきにつけ込んで倒すこともできたが、執念深くなかったため、どうしようもないとき以外は防御に徹した。

ミッキーは体勢を立て直し、ディックが意外に手強いことを見てとり、新たな攻撃を企てた。さきほどよりも練り上げられた攻撃で、我らがヒーローが地面にのびてしまいかねないほど激烈なものだった。だがそこへ予期せぬ邪魔が入った。

「警察《コップ》が来る」ジムが低い声で言った。

ミッキーは振り向き、背の高い警官が近づいて来る姿を見て、休戦が賢明かもしれぬと考えた。そこで道具箱を拾い、ズボンを上げ、引き足のジムに伴われて去った。

「あいつ何してたんだ?」警官がディックに訊ねた。

「俺を痛めつけて面白がってたんだ」ディックは答えた。

「どうして?」

「違う仕立屋をひいきにしてんのが気に入らないってさ」

「ふむ。たしかにきみは靴磨きにしてはぴしっとした身なりだな」警官が言った。

「靴磨きじゃなかったらいいんだけど」ディックが言った。

「気にするな。まっとうな商売だ」警官が言った。この警官は分別のある、立派な市民だった。「まっとうな商売だ。もっといい仕事につけるまでがんばれ」

「そのつもりさ」ディックは言った。「抜け出すのがむつかしくてねえ。これ、囚人が、住んでるとこの住み心地を訊かれたときの返事だよ」

「経験者として言っているんじゃなかろうな」

「違うよ」ディックは言った。「なるたけ刑務所に入らずに済ますつもり」

「あそこに紳士がいるだろ?」通りの向こう側を歩いている、きちんとした身なりの男性を指さして警官が言った。

「うん」

「新聞売りだったこともあるんだよ」

「いまは？」

「本屋を経営して、かなり羽振りがよさそうだ」

ディックは興味深くその紳士を見た。そして、いずれ自分が大人になったら、あの紳士ほど立派に見えるだろうかと考えた。

ディックの志が徐々に高くなっていることがおわかりいただけるだろう。これまで将来のことはほとんど考えず、その日暮らしに満足していた。収入が許すかぎりの食事をして、晩はオールド・バワリー劇場の三等席で過ごし、金回りがよければ幕間に落花生を食べる。仕事運が悪ければ夕食は干からびたパンかりんご、寝床は古い箱か荷馬車という暮らしだ。ここに来てはじめて、靴磨きを一生はできないとディックは思うようになった。あと七年で大人になるのだし、それにフランクに会って以来、まっとうな大人になりたいと感じていた。フランクとミッキー・マグワイアのような少年との違いをディックは見分けて、その違いを正しく認識できた。前者とのつきあいを好んだのも当然だった。

翌朝、ディックは将来に向けた決心にしたがって銀行に立ち寄り、紙幣四ドル分と一ドル分の小銭を差し出した。高い手すりがあり、手すりの向こう側で何人もの銀行員が机に向かってせっせと書き物をしていた。ディックは銀行を訪れるのがはじめてで、どこへ行けばいいかわからなかった。間違って払い戻し窓口に行ってしまった。

「ご通帳は？」行員が訊ねた。

「持ってません」

「当行にお金をお預けでしょうか？」

「いいえ、少し預けたいんです」

「では隣へどうぞ」

ディックは指示にしたがい、白髪頭の初老の男性の前に行った。その男性は眼鏡越しにディックを見た。

「これを預かってもらいたいんだ」ディックはぎこちなく机の上に財布の中身をあけた。

「これ全部でおいくらありますか？」

「五ドル」

「こちらに預金口座はおありですか」

「いいえ」

「もちろん字は書けますね？」

「もちろん」と言われたのは、ディックの身なりがきちんとしていたためだ。

「なんか書かなきゃいけないの？」我らがヒーローは少々どぎまぎしながら訊いた。

「この帳簿に署名をお願いします」預金者たちの名前が書いてある大きな二つ折りの帳簿を初老の紳士が押して、ディックのほうに向けてくれた。

ディックは畏敬の念をもって帳簿を見た。

「あまり上手に書けないんだ」

「結構。できるだけきれいに書いてごらん」

ペンを渡されたディックは、ペンをインク壺に浸してから、何度も顔をしかめて大奮闘した末、銀行の帳簿に次の名前を書きおおせた。


ディック・ハンター（DICK HUNTER）

「ディック！　ならばおそらくリチャードだね」行員が言った。かなり苦労して署名を判読していた。

「いや、みんなからぼろ着のディックって呼ばれてます」

「あまりぼろ着に見えないが」

「ぼろはうちに置いてあるんだ。いつも着てると、すりきれるかもしれないんで」

「では、ディック・ハンター名義の通帳を作ろう。リチャードよりもディックを気に入っているみたいだから。お金を貯めて、もっと預けてくれるよう期待してますよ」

我らがヒーローは預金通帳を手に取り、新たなる自尊心を覚えながら、「五ドル」と記された箇所を眺めた。これまでエリー株の冗談をよく言っていたが、いまはじめて資本家の気分になった。たしかに小規模だが、自分の物と呼べる五ドルを持つことは、ディックにとって決して小さなことではなかった。蓄積したい資金づくりに向けて、これからは貯めうるお金は一セント残らず蓄えようとディックは固く決意した。

だが、世間でまっとうな地位を勝ち取るには金銭以上のものが必要だとわかる賢さもディックは備えていた。自分はひどく無知だとディックは感じていた。読み書きは基礎しかできないし、算数は少ししか知らなかった。書物からの知識はそれだけだった。一生懸命勉強しなければならないとディックは承知していて、気が進まなかった。学習に伴う苦労は実際以上にとてつもなく大きいと考えていたのだ。でもディックには気概があった。困難にめげずに学ぶつもりで、少し余裕ができたら、真っ先に本を一冊買おうと決めた。

その晩帰ると、ディックはたんすの抽斗に通帳をしまい、鍵をかけた。すばらしいことに、抽斗の中身を思うたびに、自分は独り立ちしているのだという思いがいっそう増した。また、わずかな蓄えを預けている銀行の建物にディックが目を向けるときの、共有権者としての誇らしげな態度もすてきだった。

第十五章　ディック、家庭教師を得る

翌朝、ディックはいつになく金運に恵まれた。商売は繁盛し、ある客からは二十五セントももらった。その紳士がどうしても釣りを受け取らなかったのだ。その瞬間ディックは、はっとして、先日の紳士に釣り銭を返していないことを思い出した。読者にお目見えした朝にディックが靴を磨いた客である。

あの人は俺のことをなんと思うだろう。ディックは考えた。あの金を盗るほどずるいやつだと思わないといいんだけど。

さて、ディックは根っからの正直者だった。道を踏み外すような強烈な誘惑にたびたび遭遇しながらも、つねに抗ってきた。理由はなんであれ、他人の金を手元に残しておくつもりは毛頭なかったから、ただちにフルトン通り百二十五番地（教わった住所）へおもむき、一階の事務所の扉にグレイソン氏の名前を見つけた。

ドアが開いていたのでディックはなかに入った。

「グレイソンさんはいますか？」高いスツールに腰かけて机に向かっている事務員に

ディックは訊ねた。

「いまは外出中だ。じきに戻るよ。待つかい？」

「はい」ディックは言った。

「よろしい。じゃあ、どうぞおかけなさい」

ディックは腰を下ろし、その朝の『トリビューン』紙を手に取った。しかしほどなく四音節の単語に到り、その単語を「厄介もの」と判断して新聞を置いた。だが、その後あまり長く待たされないで済んだ。五分後にグレイソン氏が入ってきたのだ。

「私に話があるのかい？」氏はディックに言った。新しい服のせいで、ディックが誰なのかわからなかったのだ。

「はい」ディックが言った。「お金を返しに来ました」

「それはそれは！」グレイソン氏は愛想よく言った。「これは愉快な驚きだ。取り立てに来たんだと思っていたよ。それではきみは債務者であって、債権者ではないんだね？」

「だと思います」ディックはそう言いながらポケットから十五セントを出し、グレイソン氏の手にのせた。

「十五セント！」氏はいくらか驚いて繰り返した。「なぜこの額の借金ができたのかね？」

「ついこないだの朝、靴磨き代に二十五セント硬貨をもらったあと、釣り銭を待つお暇はないってことで。もっと早く持ってくるつもりが、今朝まですっかり忘れちまったんだ」

「私もだ。でも仕事を頼んだ子に見えないね。私の記憶ではきみほどいい身なりじゃなかった」

「ええ」ディックは言った。「あのときはパーティ用にめかしこんでたけど、風通しがよすぎたんですよ、寒いなか心地よく過ごすには」

「正直者だね」グレイソン氏が言った。「正直であれと誰に教わったのかい？」

「誰にも」ディックは言った。「でも、だますのも盗むのもずるい。はなからそれはわかってたんで」

「じゃあ一部の実業家の先を行ってるね。聖書は読んでいる？」

「いえ」ディックは言った。「いい本だって聞いてるけど、よく知りません」

「どこか日曜学校に通うべきだね。行く気はある？」

「はい」ディックは即答した。「まっとうな大人になりたいんです。でも、どこに行けばいいかわからなくて」

「じゃあ教えよう。五番街と二十一丁目の角に私が通っている教会がある」

「わかります」

「あの教会の日曜学校で私はひとクラス受け持っている。今度の日曜日に来てくれればそのクラスに入れよう。できるかぎり手伝うよ」

「ありがとうございます」ディックは言った。「でも、俺に教えたらいやになっちゃうかもしれない。とても無知なんで」

「そんなことはないよ」グレイソン氏がやさしく言った。「初心に見所がある。不実を軽蔑しているのだから。将来を大いに期待しているよ」

おいディックよ。事務所から去るとき、我らがヒーローは自分に語りかけた。お前さん、世の中を上がってるぞ。金を投資してるし、教会にも行くんだ。それも特別に招かれて五番街の教会だ。帰ったら市長からの案内状が届いてても驚きゃしないね。ほかの名高いお客さんと一緒に晩餐会へいらしていただく光栄をたまわりたいってね。

ディックは上機嫌だった。それまで暮らしていた世界から浮上して、立派さという新たな気圏に入ったようで、その変化がたいへん心地よかった。

六時にディックはチャタム通りにあるレストランに行き、満足のいく夕食をとった。昼間に商売が大繁盛したおかげで、夕食代を払っても九十セント余った。ぱくぱく食べていると、ディックよりも小柄でかぼそい少年がレストランに入り、やがて隣に座った。ディックはこの子に見覚えがあった。三か月前に靴磨きになった、臆病であまり稼げない子だった。浮浪児たちのがさつなつきあいに不向きで、仲間の無作法な冗談にひるんでしまう。ディックはこの子を困らせたことはなかった。我らがヒーローにはある種の騎士道精神が備わっており、年下の弱い少年をいじめたり、困らせたりすることを許さないのだ。

「元気かい、フォズディック?」ディックは訊ねた。相手は腰かけるところだった。

「まあね」フォズディックは言った。「元気そうだね」

「うん、そうさ。心配事はまったくなし。すげえ晩飯を食べてるとこだ。何食うの?」

「バタつきパン」

「コーヒーを頼めば?」

「それがね」フォズディックがしぶしぶ言った。「今晩は金が足りないんだ」

「そんなのいいよ」ディックが言った。「俺、今日ツイてんだ。おごる」

「そりゃあ親切だなあ」フォズディックがありがたそうに言った。

「気にすんな」ディックが言った。

早速ディックはコーヒーとビフテキを注文し、若い仲間がどちらもうまそうにたいらげるのを見て満足した。食事が済むと少年たちは連れ立って通りに出た。その前にディックは帳場で足を止め、二人分の夕食代を支払っていた。

「今晩どこで寝るんだい、フォズディック?」舗道に立ったとき、ディックが訊ねた。

「わからない」フォズディックはいささか悲しげに言った。「どっかの戸口だね。でもきっと警察に見つかって追い立てられるんだよ」

「そうだ」ディックは言った。「うちに来なよ。俺のベッドに二人寝られるだろう」

「部屋があるの？」相手が驚いて訊ねた。

「うん」ディックがかなり誇らしげに、無理もない喜びもまじえて言った。「モット通りにあって、友だちを呼べるんだ。戸口で寝るよりよくないか？」

「うん、ずっといいよ」フォズディックが言った。「会えてよかった！　こういう暮らし、辛いんだ。父さんが生きてた頃は何も不自由していなかったから」

「俺はそんな経験ないな」ディックは言った。「でもこれからそうなるようにがんばるんだ。おやじさんは死んじゃったの？」

「そう」フォズディックは悲しそうに言った。「印刷工だったんだけど、真っ暗闇の夜にフルトンのフェリーから落ちておぼれたんだ。この街に親戚はいないし、お金もなかったから、すぐ働かなきゃいけなかった。でも、うまくやっていけないんだ」

「きょうだいはいないの？」ディックは訊ねた。

「いない」フォズディックが言った。「父さんと二人暮らしだったんだ。ずっと二人だったから、いないとすごくさびしくて。父さんから二千ドル借りてる男が西部のどこかにいるんだ。前にニューヨークに住んでいた人で、商売をはじめる足しに父さんが全財産を貸したんだ。だけど事業に失敗したか、失敗したふりをして、行方をくらました。でも、どんな大金をもらったって、父さんをなくした穴は埋まらない」

「おやじさんの金を持ち逃げした男はなんていうの？」

「ハイラム・ベイツ」

「その金、いつか取り戻せるかもしれないよ」

「それはなさそう」フォズディックは言った。「その見込みは五ドルで売るよ」

「いつか俺が買い取るかもよ」ディックが言った。「じゃあ俺がどんな部屋を借りてるか、見に来なよ。これまでは金があれば夜は劇場に通っていたんだ。いまは早寝してぐっすり寝るほうが好きだけど」

「芝居はそんなに好きじゃないな。父さんがあまり行かせてくれなかったんだ。子どもにはよくないって」

「俺はオールド・バワリーに行くのが好きで、ときどき行くよ。あすこの芝居は最高さ。ねえ、読み書きは得意？」ディックは何かひらめいて、訊ねた。

「うん」フォズディックは言った。「父さんが生きてた頃、いつも学校に通わせてくれたし、クラスじゃわりとできたんだ。来年はフリー・アカデミー（現在はニューヨーク市立大学）に入るつもりだった」

「そんならこうしよう」とディックは言った。「取引しよう。俺は豚とおんなじぐらいしか読めないし、字はニワトリの足跡みたいなんだ。このさき四歳の男の子とおんなじぐらいしか物を知らない大人にはなりたくない。夜に読み書きを俺に教えてくれたら、俺の部屋で毎晩眠れるってことにしよう。戸口の階段や古い箱んなかで俺も何度も寝てるけど、それよりましだよ」

「本気で言ってる？」フォズディックは言った。希望で顔が明るくなってきていた。

「あたりき。文学や科学の花園に連れてってくれる家庭キョーシをつけるのが、若い紳士の流行りだろ。俺が流行を追って何が悪い？　きみは俺のキョージュになるんだ。でもさ、俺の字が金釘をひん曲げたみたいでも、きつくしすぎないって約束してくれないと」

「厳しくしすぎないようにする」フォズディックが笑いながら言った。「寝床を得るこんな機会をもらってありがたいよ。読むものは何かある？」

「ないんだ」ディックが言った。「幅広い取り合わせの選り抜きの蔵書はね、サンドウィッチ諸島からサハラ砂漠へ航海中に嵐のせいで海のもくずと消えちまった。けど、新聞を買うよ。それでだいぶもつだろう」

そこでディックは新聞雑誌の売店に寄り、週刊新聞を一部買った。おなじみの読み物がいろいろ載っていた。物語、短文、詩などである。

まもなく二人はディックの下宿に到着した。我らがヒーローは女家主からランプを調達すると、自分の部屋へ先導し、部屋主らしく誇らしげに入っていった。

「どうだい？　フォズディック」ディックは満足そうに訊ねた。

昔のフォズディックなら、雑然とした、とりたてて魅力のない部屋だと考えただろう。だが、路上で厳しい修練を経たいまは、雨風をしのげると思えることが心地よかった。もとより小うるさい性質でもなかった。

「とても居心地よさそうだよ、ディック」彼は言った。

「ベッドはあまり大きくない」ディックは言った。「でもやっていけると思うよ」

「やっていけるよ」フォズディックがほがらかに言った。「僕、場所を取らないから」

「じゃあ大丈夫だ。椅子が二つある。きみのと、俺のだ。もしも夜に市長がおしゃべりをしに訪ねてきたら、ベッドに座ってもらおう」

少年たちは席につき、五分後、若い家庭教師の指導のもとでディックは勉強に取りかかっていた。

第十六章　最初の授業

幸い、若い家庭教師にはディックを教える資格が充分あった。ヘンリー・フォズディックはまだ十二歳だったが、たいがいの十四歳の少年並みに物は知っていた。小さい頃から勉強好きで、人に秀でたいという志を抱いていた。父親が印刷工で本の印刷をする会社に勤め、刷ったままで製本していない紙の束の状態で新刊をしばしば家に持ち帰り、ヘンリーは喜んで読んでいた。その上、フォズディック氏が登録していた徒弟職人ライブラリーには、選り抜きの、ためになる本が何千冊も収められている。かくしてヘンリーは同年代の少年にしては珍しいほど一般常識に詳しかった。勉強に時間をかけすぎたきらいはあった。生まれつき強健な性質ではなかったのだ。だがこうした諸事情のおかげで、ディックに任命された家庭教師という仕事にはきわめて適任になっていた。

二人の少年はぐらつくテーブルに椅子を引き寄せ、新聞を広げた。

「授業ってたいていい鐘を鳴らしてはじめるよな」ディックが言った。「でも、持ってねえから、なしで済ますしかないや」

「それに先生はたいてい鞭を持ってる」フォズディックが言った。「手近に火かき棒はない？　生徒の行儀がよくないときのために」

「武器を使うのは法律違反だよ」ディックが言った。

「さあ、ディック」フォズディックは言った。「まず、どれくらい知っているか、調べないと。いくらかは読める？」

「毒になるほどは読めない。俺が読み方について知ってることを豆粒に詰め込んでも、まだ小さい所帯が入るよ」

「アルファベットは知っているんだよね？」

「うん」ディックは言った。「みんな知ってるけど、親しくはないね。全員名前で呼べるとは思うけど」

「どこで習ったの？　学校に行ったことある？」

「あるよ。二日間」

「どうしてやめたの？」

「体質と合わなくてさ」

「あまり体が弱そうじゃないけど」

「弱かないよ」ディックは言った。「丈夫なんだけど、殴られるのが性に合わないってわかってね」

「お仕置きされたの？」

「ひどくね」

「どうして？」

「ちょいと無邪気な気晴らしにふけったからさ」ディックが言った。「隣の席の子が寝ちまってさ。授業中にけしからんと思って、起こして先生を手伝おうと思った。で、ピンでそいつを刺したんだけど、深く入りすぎたんだろうな。すんげえ金切り声をあげやがった。そのあと、そいつがわめいたわけを先生が知って、物差しで俺のことを青あざができるほどたたいたんだ。それでそろそろ休暇を取る時期だって思ったのさ。それきり学校には行ってない」

「読み方はそのとき覚えたわけじゃないよね？」

「じゃないね」ディックは言った。「でも、新聞売りをちょっとしてた頃に少しは覚えたんだ。何のニュースかわかる程度に。ときどきちゃんと読めなくて間違えて伝えちまった。あるときは、なんて書いてあるのって、朝ほかの売り子に訊いたら、アフリカ国王が死んだって教わったんだ。そうかと思ったよ、人が笑いだすまではね」

「ねえディック、しっかり勉強さえすれば、そんな間違いは減るよ」

「だといいな」ディックは言った。「友だちのホレス・グリーリーがこないだ言ってた。お前が教育を受けそびれてなけりゃ、自分が演説してまわるあいだ、ときどき代理を頼むんだがって」

「手始めとしてふさわしい文章を見つけないと」フォズディックが新聞にざっと目を通しながら言った。

「簡単なのを見つけてくれ」ディックが言った。「言葉が一階建てのやつ」

それに応じそうな文章をフォズディックはようやく見つけた。試してみると、ディックが謙遜しすぎていたわけではないことがわかった。二音節の言葉はめったに正しく発音できなかったし、"through《スルー》"の読み方を教わって、たいそう驚いていた。

「こんなに字を使っちゃ、もったいない気がするな」ディックは言った。

「きみならどうつづる?」若い先生は訊いた。

「t-h-r-u だね」ディックは言った。

「あのね」とフォズディックが言った。「必要以上に字を使ってつづる言葉は、まだまだあるよ。でも決まりだから、僕らも従わないと」

ディックは知識はなかったが、頭の回転がはやく、理解力も素晴らしかった。そのうえ辛抱強く、ちょっとやそっとではくじけなかった。知識をつけねばと決意しており、難題だと愚痴る性質ではなかった。滑稽な間違いにフォズディックが笑いだすことが一度ならずあったが、ディックも一緒に笑い、総じて二人とも授業にかなり興味を持った。

一時間半後、二人はその晩の勉強は終わりにした。

「覚えが早いよ、ディック」フォズディックが言った。「この分なら、すぐにうまく読めるようになる」

「そう？」ディックが満悦の表情で言った。「そりゃうれしいね。無知のままでいたくないんだ。前は気にしてなかったけど、いまは気になる。まっとうな大人になりたいんだ」

「僕もだよ、ディック。二人で協力すれば何かできるよ。でも、眠くなってきた」

「俺も」ディックが言った。「むつかしい言葉で頭が痛くなってきた。ああいうのは誰が全部作ったの？」

「わからないな。ディクショナリー（辞書）は見たことあるよね」

「ほら、そいつもだ。見たことあるとは言えないね。そうと知らずに道で会ってるかもしれないけど」

「ディクショナリーは、ある言語の言葉が全部載ってる本だよ」

「言葉っていくつあるの？」

「ちゃんとは知らないけど、五万語くらいかな」

「かなりの大家族だね」ディックは言った。「それ全部覚えなきゃいけない？」

「そんなことないよ。一生使わないものもたくさんあるから」

「そりゃよかった」ディックは言った。「俺は百歳までしか生きるつもりはないけど、そんなにあっちゃ、百になっても半分も行きつかないだろうから」

そのときランプがちらついて、急がないと真っ暗闇で服を脱ぐはめになる、と少年たちにはっきりと合図してくれた。そこで二人は服を脱ぎ、ディックはベッドに飛び込んだ。だがフォズディックはその前にベッドの横にひざまずき、短い祈りを捧げた。

「いまのはなに？」ディックが物珍しそうに訊いた。

「お祈りをしたんだ」フォズディックは立ち上がりながら言った。「したことない？」

「ない」ディックが言った。「誰にも教わったことない」

「じゃあ僕が教えるよ。いい？」

「どうかなあ」ディックが疑わしそうに言った。「なんの役に立つの？」

フォズディックは精一杯説明した。年長者による説明よりも、彼の簡潔な説明のほうがディックにはたぶんわかりやすかったのであろう。フォズディックが相手なら知りたいことをいろいろ訊けたし、愛着がわきつつある新しい友の手本はかなりの影響をおよぼした。だから、お祈りを教えようかとフォズディックがもう一度訊ねたとき、ディックは同意し、若い仲間は教えた。ディックは本来不信心ではなかった。幼い頃から自活せざるを得ず、面倒を見てくれる人がなく、よい助言を授けてくれる人もいない少年にあっては、神と宗教をめぐることに関して無知で生きてきたとしても無理はない。だがディックはそれまで他者の善良さを認識できるくらい善良で、それゆえまずフランクに引き寄せられ、今回ヘンリー・フォズディックに引き寄せられていた。だから、もっと育ちのいい少年たちなら友を冷やかしたかもしれないが、ディックは冷やかさず、これが正しい行ないだとなぜかわかり、友の手本にならう気になっていた。熱望している本物のまっとうさを得るための大事な一歩を、我らがヒーローは踏み出したのだ。

二人の少年は一日の労働でくたびれていた上、ディックは慣れない頭脳労働のせいでいっそう疲れていたのだろう。まもなく二人は熟睡し、翌朝六時まで目覚めなかった。翌朝ディックは出がけにムーニーさんに会いに行き、フォズディックを同居人とする件で話をした。仲間がかけるかもしれない余分な手数に鑑み、週ごとの支払いに二十五セントを足せば、大家に異論がないとわかった。ディックは同意し、この協定はきっちりと結ばれた。

この件が済むと少年たちは出かけ、互いの近くに陣取った。ディックのほうが商才に長け、宣伝もいとわなかったから稼ぎが多かった。だがディックは部屋代を全額払うと請け合っていたため、多く稼ぐ必要もあった。時おりディックに客が二人かち合うと、友に一人送ることができた。だから週末には、二人ともいつも以上に稼いでいることがわかった。ディックは銀行預金を二ドル半増やして満足し、フォズディックは口座を開き、七十五セントを預金した。

日曜の朝になり、五番街の教会へ行くとグレイソン氏と約束していることをディックは思い出した。正直、思い出しながら少し悔やんだ。物心ついてから教会に足を踏み入れたことはなく、今回の招待にもあまり惹かれていなかった。しかし、ディックがためらっていると知ったフォズディックが行くように勧め、一緒に行こうかと申し出てくれて、ディックは喜んで受け入れた。かくも不慣れな状況では、支えてくれる人が必要だと思ったのだ。

ディックは細心の注意を払って身支度を整え、靴には専門家として誇れるほどの目もあやな「つや」を与え、両手をすっかりきれいにしようと万策尽くしたが、別種の仕事についていたら、手はもっと白くできたであろう。

準備が整うとディックは下に降り、通りへ出て、フォズディックと並んでブロードウェイに向けて道を渡った。

日曜日には静かなブロードウェイを二人は歩いた。ブロードウェイは騒音や混雑に満ちている平日と著しい対照をなしていた。二人はユニオン・スクエアまで進み、十四丁目で曲がり、五番街に出た。

「デルモニコでお昼はどう?」有名レストランを見遣りながらフォズディックが言っ

た。

「まず俺のエリー株をいくらか売らなきゃなるまいよ」ディックが言った。

しばらく歩くと前述した例の教会に着いた。二人はいささかとまどいながら、教会の外に立ち、ハイカラな装いの人々が入っていくのを気後れして見ていた。するとディックの肩に誰かが軽く触れた。

ディックが振り返ると、ほほえんでいるグレイソン氏と目が合った。

「約束を守ったんだね」グレイソン氏が言った。「お連れはどなた?」

「友だちです」ディックは言った。「ヘンリー・フォズディックと言います」

「連れてきてくれてよかったよ。ではついて来て。席へ案内しよう」

第十七章　ディック、上流社会にお目見えする

朝の礼拝の時間だった。グレイソン氏につづいて二人の少年は立派な教会に入り、グレイソン氏自身の家族席に席を割り当てられた。

すでに二人が家族席に座っていた。中年の美しい婦人と九歳の美少女である。グレイソン夫人と一人娘のアイダだ。少年たちが入っていくと、二人は愛想よく視線を向け、ほほえんで迎えてくれた。

朝の礼拝がはじまった。ディックはいささかばつが悪かったと言わざるを得ない。慣れない場所だから、見知らぬ屋根裏部屋に入り込んだ猫の気分だったのも無理はない。まわりの人々の行動に気を配り、同じように振舞わなければ、いつ立ち上がるべきかもわからなかっただろう。ディックの席はアイダの隣で、これほど上等な身なりの小さなレディにはじめて接するので、ディックは当然恥ずかしかった。歌う聖歌を知らされると、聖歌集のそのページをアイダが開いて、我らがヒーローに差し出した。ディックはぎこちなく受け取ったものの、まだ歌詞を楽に読めるほど勉強は進んでい

なかった。それでもディックは体面を保とうと決め、聖歌集に視線をしっかり注いでいた。

ようやく礼拝が終わった。列をなして教会からゆっくりと出て行く人々のなかに、当然グレイソン氏一家と二人の少年もいた。なじみの仲間とあまりにもかけ離れた人々と共にいることがディックにはとても不思議で、こう思わずにはいられなかった。ジョニー・ノーランが見たら、なんて言うかな!

だがジョニーが所用で五番街にやって来ることは稀だし、街の南のほうにいる友人たちがディックを目にする可能性はなさそうだった。

「日曜学校は午後なんだ」グレイソン氏が言った。「きみたちの家は少し離れているのだろうね」

「モット通りです」ディックは答えた。

「いったん帰ってから戻って来るには遠すぎる。お友だちと一緒にうちに来てお昼を食べてはどうだろう。そうすれば、午後に一緒にまたここに来られる」

この招待にディックはすっかり驚いた。市会議員たちとの昼食に同席しないかと、ニューヨーク市長から本当に招かれたかのように驚いた。どう見てもグレイソン氏は金持ちなのに、靴磨きを二人、昼食に招いたのだ。

「帰ったほうがいいみたいです」ディックはもごもごと言った。

「招待を受けられないほど大事な用はなさそうだね」グレイソン氏はやさしく言った。ディックがためらっている理由がわかっていたのだ。「それじゃあ二人とも来てくれるね」

ディックはどうしたいのかよくわからないうちに、新しい友人たちとともに五番街を歩いていた。

さて、我らが若きヒーローは生来の恥ずかしがり屋ではなかったが、いまは確かに内気になっていた。なんと言ってもアイダ・グレイソン嬢がディックの横を歩くと決めていたのだ。そのため、ヘンリー・フォズディックがグレイソン夫妻と歩くことになった。

「お名前はなんていうの？」アイダが愛想よく言った。

我らがヒーローは「ぼろ着のディック」と答えかけたが、この人々と過ごすあいだはいつものあだ名は忘れたほうがいいと思った。

「ディック・ハンター」と彼は答えた。

「ディック！」アイダが言った。「リチャードってことよね。そうでしょ？」

「みんなはディックって呼ぶよ」

「いとこにディックという子がいるの」小さなレディが打ち解けていった。「ディック・ウィルソンというのよ。知り合いじゃないでしょう？」

「知らないな」ディックが言った。

「私、ディックって名前好き」小さなレディは心惹かれる率直さで言った。

ディックはなぜだかだいぶうれしくなり、勇気を奮って少女に名前を訊ねた。

「アイダというの」小さなレディが答えた。「この名前、好き？」

「うん」ディックが言った。「いかす名前だ」

そう言ったとたんディックは赤くなった。しかるべき表現ではなかった気がしたのだ。

少女は銀の鈴をころがすような笑い声を立てた。

「面白い人ね！」少女は言った。

「ええと、そうじゃなくて」ディックは口ごもった。「とびきりの名前って言おうとしてたんだ」

アイダはふたたび笑い、ディックはモット通りに戻れたらなあと思った。

「いくつ？」アイダは調査を続行した。

「十四で、もうすぐ十五」ディックは言った。

「歳のわりに背が高いのね」アイダが言った。「いとこのディックはあなたより一歳上だけれど、あなたほど背が高くないわ」

ディックはうれしそうだった。少年は概して年齢の割に大きいと言われることを好む。

「きみはいくつ？」ディックは前よりも気が楽になって、訊ねた。

「九つよ」アイダが言った。「ミス・ジャーヴィスの学校に行ってるの。最近フランス語を習いはじめたばかりなのよ。フランス語はできる？」

「毒になるほどはできないね」ディックは言った。

アイダはまた笑って、ひょうきんねとディックに言った。

「フランス語は好き？」

「わりと好きよ。動詞はいやだけれど。ちゃんと覚えられないの。学校に行ってるの？」

「家庭教師と勉強しているんだ」ディックが言った。

「そうなの？　いとこのディックもそうよ。いとこは今年大学に行くの。あなたは？」

「今年は行かないよ」

「だってね、あなたが行けば、いとこと同じ学年になる。一学年にディックが二人いたら、面白いでしょう」

みなは二十四丁目で曲がり、左手にある五番街ホテルを過ぎ、正面が茶色い石造りの上品な家の前まで行った。呼び鈴を鳴らすと扉が開き、少年たちはいくぶん当惑しながらグレイソン氏のあとから立派な玄関広間に入った。どこに帽子をかければいいかを教わり、居心地のよい食堂にすぐに通された。昼食の用意ができていた。ディックはソファの端に腰かけた。本当に目が覚めているのか、目をこすって確かめたくなった。客としてこんなお屋敷を訪れているなんて信じがたかった。

少年たちをなごませようとアイダも気を配った。

「絵は好き?」少女は訊ねた。

「大好きだよ」ヘンリーが答えた。

少女は美しい版画を収めた本を持ってくると、お気に入りとなったらしいディックの横に腰かけて版画を見せはじめた。

「これはエジプトのピラミッド」少女は版画を一枚指さして言った。

「何に使うの?」ディックが困惑して訊ねた。「窓がないねえ」

「そうね」アイダが言った。「誰も住んでいないと思うけど。住んでいるの、パパ?」

「住んでないよ。死者を埋葬するために使われたんだ。一番大きいものは、世界で一番高い建物の次に高いと言われている。私の記憶では、ストラスブールの聖堂の尖塔のほうが、七メートル二十センチほど高いんだ」

「エジプトって近い?」ディックが訊ねた。

「近くないわ。何キロも何キロも離れているの。七、八百キロくらい。知らなかった？」

「うん」ディックが言った。「はじめて聞いたよ」

「あまり正確な知識ではないようね、アイダ」彼女の母親が言った。「七、八千キロのほうが、事実にかなり近いと思うわよ」

しばらく歓談をしたのち、全員で昼食の席についた。ディックはばつが悪そうに腰をおろした。ぶしつけと見なされる言動を知らないうちに取ってしまわないか、ひどく心配だった。みなに注目され、振舞いを観察されているのではないかと落ち着かなかった。

「どこに住んでいるの、ディック？」アイダが親しみをこめて訊ねた。

「モット通りだよ」

「どのあたり？」

「一キロ以上先だね」

「素敵な通り？」

「それほどでも」ディックは言った。「貧乏人しか住んでないんだ」

「貧乏なの？」

「女の子はおとなしくして黙っているものよ」アイダの母親が穏やかに言った。

「貧乏なら」アイダが言った。「おばさまがお誕生日にくれた五ドル金貨をあげる」

いるんですからね」

「ディックは貧乏とは言えないわ」グレイソン夫人が言った。「自分の力で暮らして

「自分の力で暮らしているの？」アイダは訊ねた。好奇心旺盛なお嬢さんで、簡単に黙らされたりはしないのだ。「何をして？」

ディックは真っ赤になった。このような席で、召使いがちょうど自分の椅子のうしろにいるときに、靴磨きだとは言いたくなかった。恥ずべき点は何もない生業だとよくわかってはいたのだが。

その気持ちをグレイソン氏がくんで、ディックをかばって言った。「アイダ、お前は好奇心が強すぎる。いつかディックが教えてくれるかもしれないけれど、日曜日に仕事の話をしないことは知っているね」

ディックはあまりのばつの悪さにスープを大きなさじに一杯飲み込んでおり、そのせいでまた顔が赤くなっていた。いままでで一番おいしい昼食にありつけそうだというのに、いまモット通りに戻れたらなあとまた思った。ヘンリー・フォズディックのほうがくつろぎ、臆してもいなかった。ディックほど宿無しの、顧みられることのない生活を送ってこなかったからだ。だがアイダは主にディックに話しかけた。素直そうでハンサムな顔が気に入ったことは明らかだった。ディックがかなりの好男子だと前に述べたと思うが、顔を清潔に保つようになって以来なおさらだった。包み隠しの

ない正直な表情に、出会う人々のほぼ全員が好感を持った。

ディックはまわりの人々の振舞い方に注意を払い、食事中はかなりうまくやっていたが、どうしてもうまくやり遂げられないことがひとつあった。フォークを使って食べることで、ついでに言うと、これはなんとも変わった決まりだなあとディックは思った。

ようやくダイニングテーブルを離れる時が来て、ディックはいくぶんほっとした。アイダはふたたび少年たちに心を傾け、二人を楽しませようと挿絵がふんだんに入った聖書を見せた。ディックは絵に興味を持ったが、描かれた主題に関する知識はほとんどなかった。予想がつくことだが、ヘンリー・フォズディックのほうがはるかに詳しかった。

少年たちがグレイソン氏と一緒に日曜学校に向けて家を出る間際に、ディックの手にアイダが手をすべりこませ、説きつけるように言った。「また来るでしょ、ディック、来るわよね？」

「ありがとう」ディックが言った。「来れたらね」それまで会った女の子のなかでアイダが一番いい子だと思わずにはいられなかった。

「そうよ」グレイソン夫人が快く言った。「二人ともまたぜひいらしてね」

「ありがとうございます」ヘンリー・フォズディックが感謝して言った。「ぜひうかがいたいです」

日曜学校で過ごした一時間のことや、グレイソン氏が受け持ちクラスに語ったことについては、長々とは書かない。宗教上のテーマに関してディックがきわめて無知だと判明したため、ディックに関してグレイソン氏は基本からはじめなくてはならなかった。ディックは子どもたちの歌を聴きたくて、次の日曜日も来るとすぐに約束した。

礼拝が終わるとディックとヘンリーは家路についた。あれほど歓待してくれたかわいい少女のことがディックの頭から離れず、また会えたらと願わずにはいられなかった。

「グレイソンさんはいい人だね。そう思わない、ディック？」ヘンリーが訊ねた。モット通りへと道を曲がって、下宿屋がもう目に入っていた。

「だよな？」ディックが言った。「俺たちのこと、若紳士のように扱ってくれた」

「アイダにものすごく気に入られたみたいだね」

「とびきりいい子だね」ディックが言った。「質問攻めにされて、なんて言えばいいかわからなかったけど」

ディックが話し終わるやいなや、ディックの頭の脇を石のつぶてがびゅんと飛んでいった。さっと振り向くと、いま過ぎてきたばかりの角を曲がって走り去っていくミッキー・マグワイアの姿が見えた。

第十八章　ミッキー・マグワイア、また負ける

ディックは卑怯者ではなかった。侮辱を甘んじて受ける習性もなかった。だから襲撃者がミッキー・マグワイアとわかると、ただちに向きを変えて追いかけた。ミッキーは追われることを見越して全力疾走していた。ディックが果たして追いつけたかどうか疑わしいが、ミッキーは狭い横丁に入ったとたん、運悪くつまずいて地面に激突し、かたい石に体をしたたか打ちつけ、痛みのあまり悲鳴をあげた。

「いってえ！」ミッキーは哀れっぽい声を出した。「倒れた相手を殴るなよ」

「なんで俺に石を投げた」我らがヒーローは、のびているいじめっ子を見下ろして問い詰めた。

「おもしれえから」ミッキーが言った。

「あの石が俺に当たってたら、さぞや愉快な不意打ちだったろうよ」ディックは言った。「じゃあおもしれえからって俺がお前に石を投げたら？」

「投げんなよ！」ミッキーは心配そうに叫んだ。

「愉快な不意打ちは好きじゃないようだな」ディックが言った。「ある日、朝飯の前に牛に角で引っかけられた男と同じだね。食欲は大して増さなかったって話さ」

「腕を折るとこだったぜ」ミッキーは患部をさすりながら悲しげに言った。

「折れてりゃ、もう石は投げられない。うれしくなるね」ディックが言った。「木の腕を買う金がなけりゃ、二十五セント硬貨を貸してやる。木の腕のいいところはな、冬に冷えにくいとこだ。そいつもうれしくなるね」

「おめえのうれしくなる話なんてたくさんだ」ミッキーが不機嫌そうに言った。「ここにいなくていいんだぜ」

「帰れとごていねいに勧めてくれて、ありがと」ディックは丁重にお辞儀をしながら言った。「そのつもりだけど、今度俺に石を投げたらな、ミッキー・マグワイア、石なんかより痛い目にあわせるぞ」

この警告に対する唯一の返事は、倒れている敵のしかめつらだった。ディックが勝利を収めたことが明白だったから、敵は何も言わないことが賢明だと考えたのだ。

「向こうで友だちが待ってるから、名残惜しいけど行かないと」ディックが言った。「もう石を投げないほうがいいぞ、ミッキー・マグワイア。体質に合わねえみたいだから」

ミッキーはぶつぶつ言っていたが、ディックは耳を貸さずに去った。倒れている敵に慎重に目を向けながらあとずさりをして横丁から出ると、待っていたヘンリー・フォズディックとふたたび合流した。

「誰だったの、ディック？」フォズディックは訊ねた。

「大の仲良しのミッキー・マグワイア」ディックが言った。「親愛の印にふざけて頭に石を投げてきた。俺のことを兄弟みたいに愛してるんだよ、ミッキーは」

「かなり危ない類の友だちだねえ」フォズディックは言った。「死んだかもしれないんだよ」

「もうそんなに好意を寄せせんなって警告しといた」ディックは言った。

「あいつ、知ってる」ヘンリー・フォズディックは言った。「ファイブ・ポインツに住んでる少年ギャングの番長だ。鞭で打つって脅されたことがある。あいつじゃなくて僕に靴磨きを頼んだ紳士がいたからだよ」

「あいつは盗みで二、三度島に行ってるんだ」ディックが言った。「もう二度と俺には手を出すまい。やつは小さい子をねらうだろうな。あいつになんかされたら言えよ、フォズディック。ぶちのめしてやるから」

ディックの言うとおりだった。ミッキー・マグワイアはいじめっ子で、たいていのいじめっ子と同じく、力が同じ程度か自分よりも強い相手とやりあう気はなかった。

我らがヒーローのことをミッキーは気取っていると思い、いっそう嫌いになったが、ディックの腕力と勇気をまざまざと覚えていたから、危険を冒してあからさまな攻撃を仕掛けてくることは二度となかった。それゆえ、会うたびにディックをにらみつけて満足していた。ディックはすっかり達観していて、こう言った。「俺に害はたいして無いから、ミッキーの腹の虫がそれでおさまるんならいいさ」

その後の数週間の出来事は記すにはおよばない。ディックは新たな人生を歩んでいた。オールド・バワリーの天井桟敷に足しげく通うことはなくなり、あたたかく迎えてくれるトニー・パスター劇場の扉すらかつての魅力を失っていた。毎晩ディックは二時間勉強していた。そしてめざましい進歩をとげていた。もともと頭の回転の速さに恵まれ、本人曰く「まっとうな大人になる」手立てとして、人並みの教育を得たいという欲求に奮い立っていた。めざましい進歩は、ヘンリー・フォズディックの辛抱とたゆまぬ努力のおかげでもあった。彼はすばらしい教師だった。

「見事な進歩だよ、ディック」ある晩、ディックが一度も間違えずに一パラグラフを読み通したあとで友が言った。

「そう?」ディックはうれしそうに言った。

「うん。明日、習字手本を買ってくれれば、明日の晩から書き方の勉強ができる」

「きみはほかに何を知っているの、ヘンリー」ディックが訊ねた。

「算数と地理と文法」

「たくさん知ってるなあ！」ディックは感心した。

「どれも知ってるわけじゃないよ」フォズディックは言った。「勉強しただけ。もっとたくさん知っていればなあ」

「きみほど知ってたら、俺は満足だよ」ディックは言った。

「いまはたくさんに思えるかもしれないけどね、ディック、何か月か経てば、考えが変わるよ。知れば知るほど、もっと知りたくなるんだ」

「じゃあ、勉強には終わりってないの」

「うん」

「そうか」ディックは言った。「じゃあ、何もかも知る頃には六十になってるな」

「うん。それぐらいだね、たぶん」フォズディックが笑いながら言った。

「どっちにしろ、それだけ物知りじゃ靴磨きにしとくのは惜しいね。靴磨きは俺みたいな無知な連中にまかせときな」

「もうすぐ無知じゃなくなるよ、ディック」

「きみはどっかの事務室か会計室に入るべきだね」

「そうできればなあ」フォズディックが真剣に言った。「靴磨きはあまりうまくいかなくて、きみのほうがずっと稼いでる」

「それは、俺は引っ込み思案じゃないからさ」ディックが言った。「きみみたいに生まれつき内気じゃないんだ。俺はいつでもすぐそこにいる。猫が牛乳に言ったようにね。靴磨きのことはあきらめるんだな。商業の追求に精を出したほうがいい」

「仕事の口を探そうと前から考えているんだ」フォズディックが言った。「でもこんな恰好じゃ誰も雇ってくれない」そう言うと着古したスーツに目を向けた。なるべくきれいに保とうと努めていたが、どんなに心を砕いても傷みが目立つようになっていた。あちこち靴墨のしみもついていて、稼業の宣伝にはなったが、スーツの見栄えは悪くなるばかりだった。

「こないだは日曜学校に行かないで家にいたいくらいだったんだ」フォズディックはつづけた。「すっかり汚れて着古しているって、みんなにわかると思ったから」

「俺の服がきみよりも二サイズ大きくなけりゃさ」ディックが気前よく言った。「とっかえるよ。そしたら、間違って大おじさんの服を着てるように見えるだろうよ」

「交換しようと思ってくれるなんてすごく親切だなあ、ディック」フォズディックが言った。「きみのスーツのほうがずっと上等だもの。でも僕のはきみには合わないと思うよ。いまの流行よりもズボンから足首が見えすぎるだろうし、お腹いっぱい食べたらベストのボタンがはじけるよ」

「そりゃあちょっと具合が悪いねえ」ディックが言った。「俺はこのユーガな姿をひもで結わえて人前に出すのは好みじゃないんだ。でもさ」彼は突然何か思いついて、言葉をついだ。「俺たち、貯蓄銀行にいくらある？」

フォズディックはポケットから鍵を出し、通帳を入れてある抽斗まで進み、抽斗を開け、なかを確認すべく通帳を取りだした。

ディックの預金残高は十八ドル九十セント、フォズディックは六ドル四十五セントだった。フォズディックが預金をはじめる前からディックは五ドル預金していたことを思い起こせばこの大きな差は説明がつく。ホイットニー氏から贈られた額が五ドルである。

「全部でいくら？」ディックは訊ねた。「俺まだ計算は苦手でさ」

「全部で二十五ドル三十五セントだよ、ディック」と相棒は言った。いまの質問がどんな発想から出たのか、フォズディックはわかっていなかった。

「それを持って服を買いに行け、ヘンリー」まもなくディックが言った。

「えっ、きみのお金も？」

「あたりき」

「だめだよ、ディック。きみは気前がよすぎる。そんなこと考えられない。四分の三近くはきみのお金だ。自分のために使わなくちゃ」

「俺は入り用じゃないから」

「いまはそうでも、いつかはいるよ」

「その頃にはまたあるさ」

「そうかもね。だけどきみのお金を僕が使うのは筋が通らない。でも、ご親切ありがとう」

「じゃあ貸すよ」ディックは言い張った。「金持ちの商人になれたら返しゃいいだろ」

「でも、いつまで経ってもなれそうもないよ」

「どうしてわかる？　俺、占い師に観てもらったことがあるんだ。その女の人が言うにはね、俺はこむずかしい名前の幸運の星のもとに生まれてて、金持ちが特別の仲良しになって、財産を築かせてくれるんだ。きみがその金持ちだと俺はにらんでる」

フォズディックは笑い声をあげた。そしてもうしばらくディックの気前のよい申し出を固辞していた。だが我らがヒーローの落胆ぶりと、申し出を本当に受けてもらいたがっていることを見てとり、必要な額を使わせてもらうことについに同意した。

たちまちディックの機嫌は直り、友人の計画に大乗り気で参加した。

翌日、二人は銀行から金を引き出し、仕事が少し暇になった午後に衣料店を探しに行った。ニューヨークにたいへん詳しいディックは、格安で買い物できる店を探しだすことができた。二人の有り金をはたいてでも、フォズディックのために質の良い、長く着られるスーツを手に入れるとディックは決めていた。探索の結果、フォズディックはとてもきちんとした衣装一式を二十三ドルで手に入れた。色の濃い、混色織のスーツは丈夫で質が良さそうだったし、そのほかにシャツ二枚、帽子、靴一足が含まれていた。

「包みをご自宅へ送りましょうか?」店員が訊ねた。ディックが支払いのために金を無造作に取りだすさまに恐れ入っていた。

「ご親切はありがたいんですが」ディックは言った。「自分で持ち帰るんで手間賃を引いてもらえない?」

「いいですよ」店員は笑いながら言った。「次のお買い上げのときに勉強します」

モット通りの部屋に戻ると、フォズディックは新しいスーツを早速着てみた。ぴったりだった。ディックは生まれ変わった友人を眺め、大いに満足した。

「まるで財産家の若紳士だよ」ディックは言った。「だんなさまに面目をほどこすね」

「きみのことだね、ディック」笑いながらフォズディックが言った。

「あたりき《インコース》」

「あたりまえ《オヴコース》って言わなきゃ」フォズディックが言った。家庭教師という立場で、ときどき勇を奮ってディックの言葉遣いを直していた。

「よくもだんなさまの間違いを直したな」ディックはおどけて憤りながら言った。

「『お前に財産は一シリングもやらん。このうつけもの』だな。オールド・バワリーの芝居で公爵が甥っ子に言う台詞だよ」

第十九章　フォズディックの転職

働くあいだフォズディックは新しい服は着なかった。そんなことをしたらもったいないと思ったからだ。午前十時ごろに客がまばらになるといったん部屋に戻り、身支度を整えてから『モーニング・ヘラルド』紙と『サン』紙を読めるホテルに出かけ、少年を対象とする求人を控え、応募してまわった。だが、勤め口を得るのは容易くないことがわかった。仕事のない少年はごまんといるらしく、向かった先でたったひとつの口に少年が五十名も百名も集まっていることも珍しくなかった。

ほかにも難題があった。少年の募集ではたいてい両親との同居が望ましいとされた。面談でフォズディックが質問に答えて、両親はおらず、路上暮らしだと明かすだけでたいてい不採用となる。そんな宿無し生活を経た子を商人たちは信じる気になれなかった。常に臨機応変なディックは、じゃあ俺が白髪のかつらを借りてきて、おやじさんかお祖父さんになりすまそうかと提案した。でも、我らがヒーローにとってその役を演じ続けるのはかなり難しかろうとフォズディックは思った。やがてフォズディックは五十の働き口に応募し、すべて不採用となって自信を失いかけた。適職と思えない稼業から抜け出す道はないように思われた。

「どうも一生靴磨きみたいだ」ある日、彼は元気なくディックにそう漏らした。

「めげるな」ディックは言った。「白髪頭の古つわものになるまでに、バワリー通りの大きな会社で使い走りに雇ってもらえているかもよ。そう思うとうれしくなるね」

おどけた言動といつも変わらぬほがらかさで、ディックはフォズディックの意気を保っていた。

「その頃俺はね」ディックは言った。「靴磨きで大財産をなしていて、五番街で王様みたいにぜいたくしてるんだ」

だが、ある朝フォズディックはふと入ったフレンチズ・ホテルで『ヘラルド』紙に次の広告を見つけた。

「求む　賢く有能な少年。帽子店にて使い走りほかあらゆる用務。初任給　週三ドルから。問い合わせ先　ブロードウェイ某番地　午前十時以降」

フォズディックは応募しようと決めた。すると市庁舎の時計が鳴り、広告が指定した時刻を知らせたため、すぐにその店に赴いた。アスター・ハウスからわずか数ブロックの距離だった。十名から二十名の少年がすでに店先にいたため、店はすぐ見つかった。集まっている少年たちは、まわりの子たちを競争相手として横目で見ては互いの見込みをひそかにはかっていた。

「あまり勝ち目はないな」フォズディックは付き添ってきたディックに言った。「こんなに大勢いるんだもの。たいていちゃんと家があって、いい推薦状もあるんだろうな。僕は照会先もないんだ」

「やってみろ」ディックは言った。「みんなと同じだけ見込みはあるさ」

ディックと連れがこんなやりとりを交わすあいだ、かなり傲慢そうで、身なりが上品で、服装のことも自分のこともいかにも自慢げな若紳士が、ふいにディックに言った。

「前、見たな」

「そう?」ディックはくるりと振り向いた。「じゃあ、うしろも見たいかな」

この意外な返答に少年たちはどっと笑いだした。質問者だけは笑わなかった。ディックが無礼を働いたと考えていることがありありとわかった。

「どこかで見たことあるな」質問者は居丈高に言い、誤りを訂正した。

「まあそうだろうね」ディックは言った。「たいていどっかにいるから」

ロズウェル・クロフォード(この貴族的な少年の名前)をだしにして、ふたたび笑いが沸き起こった。だが彼は仕返しをする用意ができていた。嘲笑の的になって喜ぶ少年なぞいない。彼はこう言い返して、胸のつかえをおろした。

「生意気言ったって、知ってるぞ。ただの靴磨きじゃないか」

まわりに立っていた少年たちはこれを聞いて驚いた。ディックはきちんとした身なりで、商売道具はなにひとつ持っていなかったのである。

「だとしたら」ディックは言った。「なんか異議ある？」

「ないさ」ロズウェルは口をゆがめて言った。「ただなあ、お前はこつこつ靴を磨いて、店に勤めようなんて考えないほうがいいぜ」

「親切な忠告をどうも」ディックが言った。「それムリョー？　それとも金を取る気？」

「生意気なやつだな」

「そいつは元気が出るねえ」ディックが愛想よく言った。

「紳士の息子も応募しているのに、お前がここに採用されると思っているのか？　靴磨きが店で働くだと！　いいお笑い種だな」

大人同様、少年も自分本位である。まわりで聞いていた少年たちは、ディックも競争相手かもしれぬとみて、同じ意見を抱いたようだ。

「僕もそう思う」一人が言い、ロズウェル側についた。

「やきもきすんな」ディックが言った。「きみらを出し抜いたりしないよ。一本立ちした、もうかる稼業を、週給三ドルで辞めるわけにはいかないんでね」

「聞いたか！」ロズウェル・クロフォードがせせら笑いを浮かべて言った。「ここで採ってもらう気がないなら、なんで来てるのさ？」

「友だちのお供」ディックはフォズディックを示して言った。「友だちが応募するから」

「そいつも靴磨きか？」ロズウェルが居丈高に詰問した。

「こいつが！」ディックは堂々と言い返した。「こいつのおやじさんが連邦議会の議員で、国で一番のお偉方と親しかったのを知らないのかい？」

この言葉を信じたものかどうか、少年たちはいささかいぶかしげにフォズディックを眺めた。正直者ディックの名誉のために言っておくと、ディックは断言したわけではなく、問いかけただけである。だが少年たちにはあれこれ言う暇《いとま》はなかった。店の経営者が戸口に現われ、待っていた一団に一瞥《いちべつ》をくれるとロズウェル・クロフォードを選り抜き、なかに入るよう声をかけたのだ。

「さて、きみはいくつ？」

「十四歳です」ロズウェルがもったいぶって答えた。

「親御さんはご健在？」

「母だけです。父は亡くなりました。紳士でした」ロズウェルは得意げにつけ足した。

「そうかい？」店主は言った。「住まいは市内かい？」

「はい。クリントン・プレイスです」

「これまで働いた経験はある？」

「あります」ロズウェルはしぶしぶ認めた。

「どこで？」

「デイ通りの事務所です」

「期間はどれくらい？」

「一週間です」

「それは短いように思うね。どうしてもっといなかったのかい」

「それは」ロズウェルは高慢に言った。「八時に来て火をおこせと言われたからです。僕は紳士の息子なので、そんな汚れ仕事に慣れていないんです」

「ほう！」店主は言った。「ではお若い紳士はしばらく脇にいてよろしい。誰を採るか決める前に、ほかにも何人かと話してみよう」

つづいて何人かの少年が店内に呼ばれ、質問を受けた。ロズウェルはかたわらに立ち、自信満々で耳を傾けていた。自分が最有力だと思わずにはいられなかった。僕が紳士で、この店の名誉になるってことがあの人はきっとわかる。そうロズウェルは考えた。

ようやくフォズディックの番が来た。彼は採用される期待はほとんど抱かず、なかに入っていった。ロズウェルと違い、自分の資格についてはほかの応募者と比べてたいへん低く見積もっていた。だが、その謙虚な態度と静かで紳士らしい物腰が、もののわかる店主に気に入られた。

「市内に住んでいるかい？」店主が訊ねた。

「はい」フォズディックが答えた。

「年齢は？」

「十二です」

「仕事の経験は？」

「ありません」

「筆跡を見せてもらいたい。さあ、このペンで名前を書いてごらん」

ヘンリー・フォズディックは年齢の割にたいへん字が上手だった。一方、同じ試験を受けたロズウェルの筆跡は殴り書き同然だった。

「ご両親と暮らしているのかい？」

「いいえ、二人とも亡くなりました」

「では、どこに住んでいるの？」

「モット通りです」

その地名を聞いて、ロズウェルは口をゆがめた。ニューヨークの読者ならご存じのとおり、モット通りはファイブ・ポインツに近く、上流社会の区域とは程遠い。

「推薦状はあるかね？」ヘンダーソン氏が訊ねた。それが店主の名前だった。

フォズディックはためらった。きっと悩まされると予測していた質問だった。

だがそのとき、天の配剤のようにグレイソン氏が帽子を買いに来店した。

「はい」すぐにフォズディックは言った。「この方にお任せします」

「やあ、元気かい、フォズディック」彼にようやく気がついたグレイソン氏が訊ねた。

「どうしてここにいるんだい？」

「勤めに応募しているんです」フォズディックが言った。「こちらの方に僕のことを話してくださいませんか？」

「もちろんいいよ。喜んで推薦する。ヘンダーソンさん、この子は日曜学校で私の生徒です。資質と能力は保証します」

「それで充分です」店主が言った。グレイソン氏の高潔な人柄と高い地位を店主は知っていた。「これ以上の推薦はありますまい。明日の朝七時半においで。給料は、最初の半年は週三ドルだ。仕事ぶりに満足できたら、五ドルに上げよう」

ほかの少年たちは残念そうだったが、一番がっかりして見えたのがロズウェル・クロフォードだった。別の少年が採用されたならばそこまでこたえなかっただろうが、紳士の息子である自分をさしおいてモット通りに住む子が選ばれるなんて、屈辱のきわみに思えた。彼はけちな恨みに駆られ、口走った。「そいつは靴磨きだ。違うかどうか訊くといい」

「この子は正直で聡明だ」グレイソン氏が言った。「きみに関しては、この子の良さの半分でも持っていればいいのだが」

ロズウェル・クロフォードは嫌気がさして店を去り、不採用に終わったほかの応募者たちもいなくなった。

「どうだった？」ディックは店から出てきた友を見て、勢い込んで訊ねた。

「採用されたよ」フォズディックは満足そうに言った。「でも、グレイソンさんが僕のことをよく言ってくれたからなんだよ」

「あの人、最高だね」ディックは心から言った。

こう称された紳士は、二人が去る前に店から出てきて、優しく話しかけてくれた。

ディックもフォズディックも採用に大いに気を良くした。給料はたしかに安いが、倹約すれば暮らしていけるとフォズディックは踏んでいた。家賃はこれまでどおりディックの家庭教師を務める謝金として免除してもらう。ディックはディックで、勤め口を探せるくらい勉強が進んだら仲間の手本に従おうと決めた。

「靴磨きと暮らす気はあるかな」ディックはフォズディックに言った。「これから商売をはじめるんだもんな」

「これ以上の友だちとは住めないよ、ディック」フォズディックは親愛をこめて我らがヒーローに片腕をまわした。「僕らが別れるのは、きみが望んだときだよ」

かくしてフォズディックは新しい仕事に乗り出した。

第二十章　九か月後

翌朝フォズディックは早起きをして新しいスーツを身に着け、朝食をとるとブロードウェイの店へ向かった。採用された店だ。いつもの小さな道具箱は部屋に置いていった。

「これで自分の靴を磨ける」フォズディックは言った。「それに逆戻りだってありうるよね？」

「その恐れはないね」ディックが言った。「足の面倒は俺が見る。きみは頭の面倒を見なきゃ。これからは帽子屋に勤めるんだから」

「きみにも仕事の口があったらな」

「俺はまだまだ物を知らないから」ディックが言った。「ソツギョーするまで待ってくれ」

「そしたら名前のうしろにA.B.ってつけられるね」

「なにそれ」

「文学士ってことだよ。大学を卒業するともらえる学位なんだ」

「へぇえ」ディックが言った。「靴磨き（A Bootblack）って意味かと思った。それならいますぐ名前につけられる。ディック・ハンター、A.B. ってとびきり上等に聞こえない？」

「もう行かなきゃ」フォズディックが言った。「初日から遅刻しちゃいけないから」

「そこは俺たちの違うとこだな」ディックが言った。「俺は自分のボスだから、遅刻したって誰もとがめない。でも、俺もそろそろ出かけよう。朝早くから店に出ている店主がいて、たいてい靴を磨かせてくれるんだ」

二人の少年は市庁舎公園で別れた。フォズディックは公園を横切って帽子店へ向かい、ディックはズボンを引っぱりあげ、客を探しはじめた。ディックが待ちあぐねることはめったになかった。つねに油断なく目を配り、仕事があれば必ず分け前にあずかることができた。仕事にきっちり精を出す動機はいままでになく強かった。同居人に気前よく振舞ったせいで、貯蓄銀行のわずかな蓄えが尽きかけていた。なるたけ倹約し、さらに、できるだけ勉強しようとディックは決意していた。フォズディックの手本にならって、どこかの店か会計事務室で勤め口を得られるようになるのだ。このあと九か月間、我らがヒーローの履歴上めぼしいことは起こらないため、この九か月は省き、そのあいだに彼が遂げた進歩について詳しく述べよう。

フォズディックはヘンダーソン氏のお眼鏡に完璧にかない、引き続き帽子店に勤めていた。週給五ドルに昇給したばかりだった。フォズディックとディックは相変わらずムーニーさんの下宿で同居し、たいへんつましく暮らしていたため、二人とも貯金ができた。ディックはいつにも増して商売が大繁盛していた。ディックの頓智と素早いユーモアに惹かれた常得意が数名いた。そのうち二名から衣服を贈られたため、フォズディックは服飾費をまったくかけないで済んだ。その上、一週間の収入は平均ほぼ七ドルに達していた。そこからフォズディックと暮らす部屋の家賃に週一ドルかかったが、残りの半分は貯金できた。したがって九か月または三十九週後に貯金は百十七ドルに達していた。小さな預金通帳にずらりとならぶ貯金額の記載を眺めて、ディックが資本家のような気分になっていたのも大目に見ていいだろう。同業者のなかにディックと同じぐらい稼いだ少年たちもいた。だが彼らは将来のことはほとんど気にせず、行き当たりばったりで金を使うから、いかに少額であれ、銀行の預金口座を持ち、それを誇りに思える者はごくわずかだった。

「いつかはお金持ちだね、ディック」ある晩、ヘンリー・フォズディックが言った。

「それで五番街で暮らすんだ」ディックが言った。

「ありうるね。もっと不思議なことだって起きているんだから」

「ま」とディックは言った。「そんな不幸が俺に降りかかったら、男らしく耐えて見せよう。五番街の屋敷が百十七ドルで売りに出てたら、教えて。投資として買うから」

「二五〇年前ならその値段で一軒買えたんじゃないかな。インディアンのあいだじゃ不動産はあんまり高くなかったから」

「ツイてねえな」ディックが言った。「生まれてくるのが遅かった。インディアンになるべきだったね。そうすりゃいまの資本金で豪勢な暮らしができたのに」

「あの頃はきみのいまの稼業はあまり儲からなかったんじゃないかなあ」

だが、ディックは金銭よりも貴重なものを得ていた。毎晩こつこつ勉強し、見事な進歩を遂げていた。すらすら読めるようになり、きれいな字も書けて、算術は利息算まで学んでいた。そのほかに文法と地理の知識もいくばくか得ていた。少年の読者のなかには、何年も勉強を続けているのにディックと同じ程度の学力だという人もいるかもしれない。夜しか勉強しないディックが一年足らずでそこまで到達できたと信じられない少年がいたら、我らがヒーローが向上したいと心底望んでいたことを思い出さなくてはいけない。まっとうな大人になるには進歩が不可欠だとディックは充分承知し、努力する気があった。だが、そもそも賢い子だったことも忘れてはならない。路上で受けた教育が能力を鍛え、自らを頼みとするよう教えていた。自分で設定したゴールに到るには長い時間がかかると理解していて、努力を重ねる忍耐力があった。

頼れるものは自分だけだと承知し、自分を最大限活かそうと決意していた。十中八九、この決意こそが成功の秘訣だ。

「ディック」ある晩、勉強を終えるとフォズディックが言った。「もうじき新しい先生がいりそうだよ」

「なんで?」ディックが言った。「もっと儲かる話が来たか?」

「ううん」フォズディックが言った。「僕が知っていることはもう全部教えたんだよ。きみはもう僕と同じくらいのスカラーだ」

「本当?」ディックは言った。日に焼けた顔が満足感で紅潮した。

「うん」フォズディックが言った。「すばらしい進歩だよ。それでね、夜学がはじまっているから、二人でどこかの学校に入って、冬は勉強したらどうだろう?」

「いいよ」とディックは言った。「いまなら行く気があるけど、勉強をはじめた頃は、あんなに物を知らないって人に知られるのが恥ずかしかった。ねえ、本当に、俺がきみと同じくらい物を知ってるっていうのかい?」

「うん、本当だよ」

「じゃあ、きみのおかげだ」ディックは真剣に言った。「きみが俺をこうしてくれた」

「もうお返しはもらっているよね、ディック?」

「家賃でね」ディックが激しい口調で言った。「それがなんだい? 半分にもならないよ。俺の金を山分けしてくれるといいんだけど。それだけのことをしてくれたんだから」

「ありがとう、ディック。でもきみは気前が良すぎる。もう充分すぎるほど返してくれたよ。ほかの子がみんなで僕を脅したとき、僕の肩を持ってくれたのは誰だっけ？服を買うお金もくれて、いまの仕事につけるようにしてくれたのは誰だっけ？」

「そんなのなんでもないさ！」

「いや、ものすごくたくさんだよ、ディック。決して忘れない。でもね、今度はきみが勤め口を探したらどうかと思うんだ」

「俺が知ってることで足りる？」

「僕と同じだけ知ってるよ」

「じゃあ、やってみる」ディックはきっぱりと言った。

「うちの店に口があればなあ」フォズディックは言った。「一緒だったら楽しいのに」

「いいんだよ」ディックは言った。「チャンスはほかにもあるから。A・T・スチュワートだって共同経営者がほしいかもしれないし、俺なら利益の四分の一で手を打つよ」

「きみからの気前のいい申し出だね」フォズディックはほほえみながら言った。「でも、モット通りに住む共同経営者なんて、スチュワートさんは異議を唱えるかも」

「俺だって五番街に越すほうがましだよ」ディックは言った。「モット通りをひいきしていわけじゃない」

「僕もだよ」フォズディックは言った。「本当を言うと、お金ができたら、なるべく早く引っ越すのが僕たちにとっていい計画じゃないかと思ってたんだ。もっときれいにできるのに、ムーニーさんはやらないから」

「うん」とディックは言った。「あの人、汚れに偏見がないんだよ。あのタオルを見て」

そう言ってディックが持ち上げた代物は、ほぼ一週間使われており、しかも酷使されていた。ディックは仕事柄タオルを酷使せざるを得ないのだ。

「そうなんだよ」フォズディックは言った。「いいかげんいやになってきた。あまり変わらない家賃でもっといいとこが見つかると思う。移ったら、僕の分の家賃を払わせてよ」

「そのときになったら考えよう」ディックは言った。「五番街へ越そうって提案なの？」

「いまはまだそうじゃない。ただ、ここよりも感じのいい地区に行きたいだけだよ。きみに勤め口が見つかるまで待って、それから決めようよ」

数日後、市庁舎公園界隈でディックが客を探して見まわしていると、仲間の靴磨きに目がとまった。ディックよりひとつぐらい年下で、どうやら泣いていたようだった。

「どうした、トム？」ディックは訊ねた。「今日はツイてないのかい？」

「結構ツイてたよ」少年は言った。「でも、うちが大変なんだ。先週母さんが転んで、腕を折っちゃったし、家賃を明日払わなきゃいけないし、明日払わなきゃ追い出すって大家が言うんだ」

「きみの稼ぎしかないの？」

「ないんだよ。いまはね」トムは言った。「母さんが週に三、四ドル稼いでいたけど、いまは何もできないし、妹と弟はまだ小さいから」

ディックは情にもろかった。極貧生活を経験し、多くの困苦を甘受せざるを得なかったため、その辛さは身をもって知っていた。トム・ウィルキンズのことは、稼ぎを決して無駄遣いせず、母親に忠実に持ち帰る感心な子だと思っていた。かつてディックが金を無駄遣いし、将来のことは考えていなかった頃、オールド・バワリーやトニー・パスターの劇場に一、二度誘ったが、トムはいつもきっちり断っていた。

「そりゃあ大変だなあ、トム」ディックは言った。「家賃はいくらためてるの？」

「二週間になるね」

「週にいくらなの？」

「週二ドル。だから四ドルになる」

「少しはあるの？」

「ないんだ。母さんと俺たちの食費に全部かかってしまったから。それを稼ぐのもかなり大変だったんだ。どうしよう。行くとこはないし、母さんの腕が冷えるんじゃないかって心配なんだ」

「どっかから借りられない？」ディックは訊ねた。

トムは元気なくかぶりを振った。

「知り合いはみんな俺と同じぐらい貧乏なんだ。助けられたら助けてくれるけど、自分たちがやってくだけでみんな精一杯」

「じゃあ、こうしようよ、トム」ディックは咄嗟に言った。「俺が味方になるよ」

「金あるの？」トムはいぶかしそうに言った。

「金あるの！」ディックはその言葉を繰り返した。「俺が独りで銀行を経営してること、知らないのかい？　いくらいるんだ？」

「四ドル」トムは言った。「明日の晩までに払わないと出されちまう。そんなに持ってないよね？」

「三ドルある」ディックは財布を取りだしながら言った。「残りは明日渡す。足せたら、もう少し足すよ」

「本当にいいやつだなあ、ディック」トムが言った。「でも、これ、いるんじゃない？」

「まだあるんだ」ディックは言った。

「返せないかもよ」

「そうなったとしても」ディックは言った。「破産しないから」

「忘れないよ、ディック。いつか何かでお返しできるといいんだけど」

「いいんだよ」ディックが言った。「俺は助けるべきなんだ。面倒を見る母親がいないんだから。いればなあ」

最後の五文字を口にしたとき、ディックの口調は一抹の哀しみを帯びていた。しかし根が楽天家で、せんない哀しみに負けることはなかった。それゆえディックは向こうをむきながら口笛を吹きはじめ、そのあとはこれしか言わなかった。「また明日な、トム」

ディックがトム・ウィルキンズに渡した三ドルは、今週貯金するはずの金だった。これは木曜午後の出来事だった。家賃一ドルは金曜と土曜の稼ぎから出せるとディックは踏んでいた。トムに約束した追加の援助分を渡すには、銀行預金に頼らざるを得ない。ほかの理由のためなら、預金をあえて崩さなかった。ただ、トム母子の苦痛をやわらげる術を手にしていながら彼らを苦しませておくことは身勝手な気がしたのだ。ところで、ディックはこのあと家に着いたときに衝撃を受ける運命にあった。しかも不快な衝撃だ。

第二十一章　ディック、預金通帳をなくす

前章の終わりにほのめかされていたように、この日、帰宅したディックは不快な衝撃を受ける宿命であった。

さらに助けるとトム・ウィルキンズに伝えていたから、帰宅したディックの足は、フォズディックと自分が預金通帳をしまっている抽斗へおのずと向いた。なかを見たディックは驚き、不安になった。抽斗は空っぽだった、、、！

「ちょっと来て、フォズディック」ディックは言った。

「どうしたの」

「通帳がないんだ。きみのもない。どこに行ったんだろう？」

「僕のは今朝持って出たんだ。少し貯金しようかと思って。ポケットに入ってるよ」

「でも俺のは？」ディックが当惑して言った。

「わからない。今朝、僕の通帳を出したときはあったよ」

「たしか？」

「うん。たしかだ。いくら持っているのか知りたくて、なかを見たんだもの」

「そのあと、また鍵をかけた？」ディックは訊ねた。

「うん。いま鍵を開けなきゃいけなかったでしょ？」

「そうだった」ディックは言った。「でも、ないんだよ。誰かが錠に合う鍵で開けて、また鍵をかけたんだな」

「きっとそうだ」

「結構きついな」ディックは言った。我々が彼に出会って以来、はじめて落胆しかけていた。

「あきらめちゃ駄目だよ、ディック。お金はなくしてないよ。通帳をなくしただけだ」

「おんなじじゃないの？」

「違うんだよ。明日の朝、銀行に行くんだ。銀行が開いたらすぐ、通帳をなくしたと知らせるんだ。そうやって、ほかの人にお金を払い戻さないよう、頼めるんだよ」

「そうだな」ディックは気を取り直して言った。「つまり、今日のうちに泥棒が銀行に行っていなければ、だな」

「泥棒が銀行に行っていれば、筆跡から見つかるかもしれないよ」

「盗ったやつをつかまえてやりたい」ディックが憤然として言った。「こてんぱんにしてやる」

「きっとこの家の人だ。ムーニーさんに会いに行こうか。この部屋に誰か入ったかどうか、知ってるかもしれない」

二人の少年は一階に降り、ムーニーさんが晩をたいてい過ごしている奥の茶の間のドアをノックした。粗末な小部屋のじゅうたんはすりきれて糸があらわで、壁を覆っているのは、何やら大きな模様の壁紙だ。ところどころ破け、はがれ、しっくいをさらし、それ以外の部分は汚れと油がついていた。しかしムーニーさんは汚れなどいっこうにかまわないお気楽な性質で、そんなことは少しも意に介していなかった。彼女は松の小さな裁縫台の横に座り、靴下をせっせとつくろっていた。

「こんばんは、ムーニーさん」フォズディックが礼儀正しく言った。

「こんばんは」女家主が言った。「どうぞかけて。椅子があればだけど。見てのとおり、精出して仕事中なんだよ。貧乏で一人ぼっちの未亡人はぼんやりする暇がなくて」

「長居はできないんです、ムーニーさん。でも今日、ここにいる友人が部屋で物を盗られたのでお話ししに来ようと思ったんです」

「何を盗られたの？」女家主は訊ねた。「あたしが盗みを働くなんて思ってないだろうね？　貧乏だけど、ずっと正直者で通ってるんだ。下宿人が全員証言してくれるはずだ」

「とんでもない。ただ、正直じゃない人がこの家にいるかもしれません。友人は通帳をなくしたんです。朝はちゃんと抽斗に入っていたのに、夜にはなかったんです」

「お金はいくら入っていたの？」ムーニーさんが訊ねた。

「百ドル以上です」フォズディックが言った。

「全財産だった」ディックが言った。「来年家を買うつもりだったんだ」

ディックがどれほど裕福かを知って、ムーニーさんは明らかに驚き、いままで以上にディックに敬意を抱くようになっていた。

「抽斗に鍵はかけてあった？」ムーニーさんが訊ねた。

「ええ」

「じゃあ、ブリジットじゃないわね。鍵はたぶんひとつも持ってないから」

「それに通帳が何なのか、知らないでしょうし」フォズディックが言った。「今日、僕らの部屋に下宿人が入っていくのを見ましたか？」

「ジム・トラヴィスだったら驚かないね」ムーニーさんがふと言った。

このジェームズ・トラヴィスという男はマルベリー通りの三流酒場のバーテンで、数週間前からムーニーさんの下宿人だった。品が悪そうで、外見から判断するに、他の人には少しずつ提供している酒をしこたま飲んでいた。彼の部屋はディックの部屋の真向かいだった。彼が酩酊し、けしからぬののしりを口にしながら千鳥足で階段を上がってくる音を二人の少年はしばしば聞いていた。

このトラヴィスはディックと同居人に何度か親しげに声をかけ、自分が勤める酒場に寄って一杯飲まないかと誘っていた。だが一度もよい返事をもらえなかった。ひとつには二人の少年には毎晩もっと大切な用があったためで、ひとつにはどちらもトラヴィス氏が気に入らなかったからだ。これは少しも不思議ではなかった。トラヴィス氏は生来、外見も態度も魅力が乏しかった。彼は友好的な誘いを何度も断られたため、ディックとヘンリーを嫌うようになり、お高く止まった社交嫌いと見なしていた。

「どうしてトラヴィスだと思うんですか?」フォズディックが訊ねた。「昼間はいませんよね」

「それが今日はいたんだよ。ひどい風邪をひいて、きれいなハンカチを取りに戻らなきゃならなくなったって」

「見たんですか?」ディックが言った。

「見たよ」ムーニーさんは言った。「ブリジットが洗濯物を干していて、あたしが玄関を開けて入れたから」

「僕らの抽斗を開ける鍵を持ってるのかな」フォズディックが言った。

「持ってる」ムーニーさんは言った。「あの二部屋のたんすはそっくりなんだ。競売であたしが買ったもので、たぶん錠も同じだよ」

「あいつだ、きっと」ディックがフォズディックのほうを見て言った。

「うん」フォズディックは言った。「そうみたいだね」

「どうすりゃいいんだ？　それが知りたいよ」ディックは言った。「当然、あいつは持ってないって言うだろうし、自分の部屋に置いとくほど馬鹿じゃないだろ」

「まだ銀行に行ってなけりゃ、大丈夫」フォズディックは言った。「明日の朝一番に銀行に行って、払い戻しを止めてもらえばいいんだ」

「でも、俺が金を引き出せないんだよ。明日金を渡せるってトム・ウィルキンズに言っちまったんだ。渡さないとトムの病気のお母さんが下宿から追い出される」

「いくらあげるつもりだったの？」

「今日三ドル渡したんだ。明日は二ドルのつもりだった」

「そのお金ならあるよ。今朝、銀行に行かなかったから」

「そうか。じゃあ借りるよ。来週返すからな」

「いいや、ディック。きみが三ドルあげたなら、僕にも二ドル出させて」

「いいや、フォズディック、全部出したいんだ。知ってのとおり、俺のほうが金があるし。いや、違うな」今回の紛失がディックの脳裏をよぎった。「今朝は金持ちの気分だったけど、いまやヒンキュー状態だな」

「元気だして、ディック。お金は戻ってくるよ」

「だといいけど」我らがヒーローはかなり打ち沈んで言った。

ディックが味わいつつあるのは、もっと大規模かつ重要なビジネスに携わる男たちがしばしば経験する、形勢逆転の苦渋であった。ディックは節約をして百ドル以上を銀行に貯金し、独立独歩のつもりでいた。富は相対的なものだから、おそらく資産十万ドルを有する男たちの多くと同じくらい裕福な心持ちだったのだろう。ディックはたゆまぬ禁欲の美点を実感するようになり、所有する喜びを味わいかけていた。かといって金銭に不当に執着しているわけではなかった。ディックの名誉のために言わせてもらえれば、困っているトム・ウィルキンズの力になれたときほど、ディックが金から満足感を得たことはなかった。

このほかにディックにはもうひとつ悩みがあった。いつか勤め口を得られたとして、靴磨きで得ているほどの稼ぎは望めない。せいぜいが週三ドルだろう。かたや服飾費を除く必要経費は総額四ドルにおよぶ。不足を補うためにディックは貯蓄を大いに頼りにしていた。いざとなれば一年は支えになる額のはずだった。金を取り戻せなければ、少なくともあと半年、靴磨きをつづけなくてはならない。そう思うとディックはかなり気落ちした。総じてこの晩ディックがいつになく暗い気分で過ごし、いずれの少年もあまり勉強する気になれなかったことは、驚くにはあたらない。

この件についてトラヴィスと話すのが最善策か否か、二人の少年は検討した。結論はなかなか出なかった。話すことにフォズディックは反対だった。

「そんなことしたら向こうが警戒するだけだ」フォックは言った。「なんの得にもならないよ。あいつは当然否定する。ここはじっとして、見張っているほうがいい。銀行に届け出れば、あいつにはお金が入らないようにできるんだ。あいつが銀行に行ったら、泥棒だと銀行の人たちがすぐにわかって、あいつは逮捕されるんだ」

これは筋が通った見方に思われたので、ディックは採用することにした。総じて最初よりも見通しが明るくなってきたと思われ、ディックは少し元気がわいてきた。

「なんで俺が通帳を持ってるってわかったんだろう？　そこがわかんないんだ」ディックは言った。

「あのこと、覚えてない？」フォズディックは少し考えてから言った。「二人で貯金の話をしたよね、二、三日前の夜？」

「したね」ディックが言った。

「あのときドアが少し開いていて、誰かが階段を上がってくる音が聞こえて、その誰かが少しのあいだドアの前に立ち止まっていた。きっとジム・トラヴィスだよ。それできみのお金のことを知って、今日、隙を狙って持っていったんだ」

この説明は正しいかもしれないし、正しくないかもしれない。いずれにせよ、いかにもありそうなことのように思われた。

夜が更け、さて、もう寝ようかと二人が思ったとき、部屋のドアをたたく音がした。二人が少なからず驚いたことに、訪ねてきたのは隣人ジム・トラヴィスだった。彼は顔色の悪い若者で、髪は黒く、目は血走っていた。

トラヴィスは部屋に入るとき、少年から少年へ素早く視線を走らせた。二人はそれを見逃さなかった。

「今晩はどんな調子？」トラヴィスは言い、部屋に二脚しかない椅子の一方に座り込んだ。

「いいですよ」ディックは言った。「調子はどうですか？」

「へとへと」が答えだった。「仕事はきついし給料は少ない。いつもそうなんだ。今晩は劇場に行きたかったんだけど、金欠でさ、工面できなかった」

ここで彼はふたたび二人にそれぞれ素早い一瞥をくれたが、二人は何も気取られないようにした。

「お前らあんまり出かけないよな？」トラヴィスは言った。

「ほとんど出かけません」フォズディックは言った。「夜は勉強しているんです」

「そいつは結構だね」トラヴィスはかなり馬鹿にした口調で言った。「そんなに勉強してどうすんだ？　まさか弁護士になろうとか、そんなこと思ってねえよな？」

「ありえますね」ディックは言った。「まだ決めてないんですよ。この先いつか、俺に国会に行ってほしいって同胞の市民に言われたら、がっかりさせたくないですねえ。それに、読み書きはいつか重宝するかもしれない」

「さてと」トラヴィスがだしぬけに言った。「疲れてるんで、そろそろ寝るわ」

「おやすみなさい」フォズディックは言った。

訪問者が部屋から出ていくとき、二人の少年は顔を見合わせた。

「通帳がないって知ってるかどうか、確かめにきたんだ」ディックが言った。

「それと、自分は金がないんだって知らせて、疑われないようにしてる」フォズディックがつけ加えた。

「そうだな」ディックは言った。「ポケットを調べてやりたかったよ」

第二十二章　泥棒追跡

通帳を盗んだのはジム・トラヴィスだろうというフォズディックの推定は正しかった。あの感心な若者がディックの預金の話をたまたま小耳にはさんだのだろうという点も合っていた。さて、トラヴィスはその階級の若者のご多分に漏れず、稼げる以上の額を散財できた。しかも仕事は大嫌いで、労せずして諸経費をまかなう手立てが見つかれば大喜びしただろう。最近、トラヴィスは昔の仲間から手紙を受けとっていた。その昔なじみはふらりとカリフォルニアに行って鉱山に直行し、運のいいことに、たいへん儲かる払い下げ地を手に入れていた。手紙にはこう書かれていた。払い下げ地からの収益はすでに二千ドルに達した。半年以内にひと財産作るつもりだ、と。

二千ドル！　これはトラヴィスにはたいへんな大金に思われ、想像力が刺激された。自分もただちにカリフォルニアに打って出て、運を試したい思いが燃え上がった。勤め先でもらえるのは月にたった三十ドルだった。トラヴィスの働きぶりではそれがせいぜいだろうが、彼の高級趣味を満たすべくもない額である。黄金の土地に向かう次の汽船に乗ろうと彼は決意した。運賃をどうにか工面できれば、の話だが。

当時、三等の船賃は七十五ドルだった。さほど大金ではない。だがジェームズ・トラヴィスが工面する可能性を思えば七千五百ドルも同然だった。トラヴィスの手元資金はきっかり二ドル二十五セントだった。そのうち一ドル五十セントは洗濯婦に払う約束だったが、その件についてはあまり悩まないで都合よく忘れただろう。だがこの借金を踏み倒しても、トラヴィスが自由に使える額は船賃の足しにはならない。

トラヴィスは二、三人の仲間に援助を求めた。だがこの仲間は銀行に預金口座はぜったいに作らない、有り金を持ち歩く類の者ばかりだった。一人は三十七セント、別の友人は一ドル貸そうと言ってくれたが、いずれの申し出もトラヴィスをたいして元気づけはしなかった。トラヴィスが絶望し、計画をあきらめかけたとき、前に述べたとおり、ディックがどれほど貯金しているか小耳にはさんだのである。

百十七ドル！　それだけあれば船賃が全部出せるどころか、サンフランシスコに着いてから鉱山まで行ける。トラヴィスはこのことが頭から離れず、熟考を重ね、考えに考えた結果、ディックから金を無断借用しようと決めた。少年はどちらも昼間は留守だと知っていたから、トラヴィスは午前中に戻った。するとムーニーさんが玄関に現われたため、風邪を引いているのでハンカチを取りに戻ったと言い訳をした。女家主が何も疑わずにすぐに台所仕事に戻ったため、危険は一切なくなった。

トラヴィスはただちにディックの部屋に侵入し、金の置き場がほかに見当たらなかったため、たんすの抽斗を開けてみた。一段以外は簡単に開き、開かない抽斗に鍵がかかっていた。そこが金のありかだろうとトラヴィスはにらみ、自分の部屋のたんすの鍵を取りに行き、戻って鍵を試すと、うれしいことにぴったりはまった。そうして通帳を発見すると、喜びは落胆と相半ばした。抽斗には通帳ではなく銀行券が入っていると思っていたのだ。紙幣ならばそれ以上手間暇をかけずにすぐ手に入る。貯蓄銀行で金を受け取るとなれば新たな危険が伴う。通帳を盗ろうか盗るまいかトラヴィスはためらったが、盗みがその手間にもそれに伴う新たな危険にも見合うだろうとついに判断した。

そこでトラヴィスは通帳をポケットに滑り込ませ、抽斗に鍵をふたたびかけると、取りに戻ったはずのハンカチのことはすっかり忘れ、下におりて通りに出た。

同じ日に貯蓄銀行へ行く時間はあったのだが、すでに職場をかなり離れていたため、トラヴィスはそれ以上この件に時間をかける危険は冒さなかった。それに貯蓄銀行は利用する機会がなく、不慣れだったため、銀行の規則や規定に一度目を通し、事の進め方について情報を集めるのが賢明だろうと考えた。かくしてその日ディックの金は銀行にあり、無事だった。

夜になり、トラヴィスは思いついた。ディックが紛失に気がついているかどうか確認したほうがいいかもしれない。この思考が前章の終わりに記された訪問につながった。トラヴィスは少年たちを訪ね、二人が何も言わなかったことに惑わされ、まだ何もばれていないと早合点した。

よし！　トラヴィスは満足して思った。あと二十四時間あいつらが気がつかなきゃ、手遅れになって、俺は大丈夫だ。

少年たちが出かける前に紛失に気がつく恐れがあるため、トラヴィスは二人にまた会って、状況を判断することにした。二人が部屋から出てくる音が聞こえるまで待ち、それに合わせて自室のドアを開けた。

「おはよう」トラヴィスは親しげに言った。「仕事？」

「ええ」ディックは言った。「俺がいないと店員たちが怠けるんじゃないか心配で」

「うまいこと言うね！」トラヴィスが言った。「高い給料を払ってるなら、俺もそこの勤めに応募したいね」

「自分の稼ぎを全部払ってますよ」ディックは言った。「商売はどうですか？」

「まあまあだな。そのうち寄るかい？」

「毎晩、文学と科学に捧げてまして」ディックは言った。「ありがたいんですが」

「あんたはどこで過ごすんだい？」トラヴィスは言葉を選んでフォズディックに訊いた。

「ブロードウェイにある、ヘンダーソン帽子店です」

「シルクハットがほしくなったら、店に行くよ」トラヴィスは言った。「友だちにはまけるんだろ」

「なるべく勉強します」フォズディックは言ったが、本心ではなかった。トラヴィスのようないかがわしい輩《やから》が自分の友人だと雇い主に思われたらあまり好ましくないと思った。

だがトラヴィスはブロードウェイの店を訪れる気はさらさらなく、単なる世間話として、また少年たちを打ち解けさせる手立てとしてそう言っただけだった。

「お前さんたち、真珠の柄のついたナイフを見てないよな?」トラヴィスは言った。

「見ていません」フォズディックが言った。「なくなったんですか?」

「ああ」トラヴィスはしゃあしゃあと嘘をついた。「昨日か一昨日、たんすの上に置いといたんだ。ほかにも小物をひとつふたつ失くしている。ブリジットはどうも正直者には思えないんだよなあ。きっとあの娘が盗ったんだ」

「どうするんですか?」ディックは言った。

「今度何かがなくなるまで黙ってて、今度なくなったらひと騒ぎして、こらしめる。そっちは何かなくなっていないかい?」

「何も」フォズディックは自分の物について答えた。それならば、真実を偽ることなく答えられる。

それを聞いてトラヴィスの目は満足感で光った。

こいつらまだ知らねえな。今日、金を失敬しよう。そのあといくらでも捜すがいい。

トラヴィスは目標を達成し、それ以上少年たちと過ごしても仕方がないので、別れのあいさつをして、ほかの通りへ曲がっていった。

「急にすごく親しげだよな」とディックが言った。

「うん」フォズディックが言った。「わけは見え見えだよね。なくなっていることにきみが気がついているかどうか、確かめたいんだ」

「でも、わからなかっただろ」

「うん。うまくいったね。きっと今日こそ自分の金を引き出そうって魂胆だ」

「俺の金」ディックが指摘した。

「訂正を受け入れます」フォズディックが言った。

「ディック、銀行が開くときにはもちろんちゃんと行っているよね」

「あたりき。ジム・トラヴィスは行き先を間違えたって思い知るさ」

「銀行は十時からだからね」

「遅れないで行くよ」

二人は別れた。

「うまくいくよう祈るよ、ディック」別れ際にフォズディックが言った。「きっとうまくいく」

「だといいな」ディックが言った。

いったん落ち込んでいたディックは立ち直り、金を取り戻せると信じていた。ジム・トラヴィスにしてやられるつもりは毛頭なかった。ディックはトラヴィスの悪事を打ち負かす喜びを予想し、早くも楽しんでいた。

十時までにまだ二時間半あった。この時間はディックにとって、もったいなくて無駄にできなかった。一番の稼ぎ時なのだ。だからディックはいつもの仕事場におもむき、客を六人獲得し、六十セント稼いだ。その後レストランに行き、朝食をとった。するともう九時半になった。遅刻は好ましくないとディックは思い、ジョニー・ノーランに道具箱を託し、銀行へ向かった。

銀行員がまだ来ていなかったため、ディックは銀行の外にたたずみ、開業を待った。いくらか不安でないこともなかった。トラヴィスもやはり迅速に動いているかもしれず、ディックが来ているとわかったら不審に思って、罠から逃れるのではないかと心配だった。だが用心深く通りの右を見ても左を見ても、泥棒だと思う人物の影も形も見えなかった。やがて十時の鐘が鳴り、銀行の扉がさっと開き、我らがヒーローはなかに入った。

　この九か月、ディックが週に一度銀行を訪れる習わしだったため、現金係はディックの顔を覚えていた。「今朝は早いね」現金係は感じよく言った。「また貯金するお金が出来たのかい？　もうじきお金持ちだねえ」

「それはどうだろう」ディックが言った。「通帳を盗まれたんだ」

「盗まれた！」現金係が返した。「それは不運だったね。でも最悪の事態じゃないよ。泥棒はお金を引き出せないから」

「そのことで来たんだ」ディックは言った。「もう盗られたんじゃないかと心配で」

「まだ来てない。来ていたとしても、きみのことは覚えているから、きっと見破れた。通帳がなくなったのはいつ？」

「昨日」ディックは言った。「夜うちに帰ったら、なかった」

「誰が盗ったか、心当たりはあるかい？」

　ジム・トラヴィスの大方の評判とあやしい振舞いについて、ディックはあらいざらい話した。おそらくトラヴィスが犯人だろうと現金係も賛成した。さらに、資金を引き出そうと今朝銀行に来ると思われる理由もディックは述べた。

「たいへんよろしい」現金係は言った。「いつ来ても大丈夫だ。通帳の番号は？」

「五六七八番」とディックは言った。

「さて、きみがあやしんでいるそのトラヴィスの人相を少し教えてくれ」

　ディックはトラヴィスについて簡潔に述べた。本人が聞いたとして格別喜ぶようなものではなかった。

「結構。これで見分けられるだろう」現金係は言った。「大丈夫だよ。きみの口座からその男は何も受け取れない」

「ありがとうございます」ディックは言った。

　我らがヒーローは気持ちがかなり楽になった。そしてこれ以上銀行にいても仕方がないし、時間ももったいないと考えて、扉のほうを向いた。

　ガラスのドア越しに、ジェームズ・トラヴィスが通りを渡ってくる姿が見えた。銀行に向かっていることは明らかだった。ディックが見られては台無しだ。

「あいつだ」ディックは叫び、とって返した。「どこかにかくまってくれますか？　見られたくない」

　現金係はただちに状況を悟り、小さなドアをさっと開いて、ディックをカウンターの向こう側に入れてくれた。

「かがんでいるんだ」現金係が言った。「見られないように」

　ディックがかがむや否や、トラヴィスが表のドアを開け、いささか頼りなげにあたりを見まわしながら、現金係の窓口までやってきた。

第二十三章　トラヴィス逮捕

トラヴィスは不安な足取りで銀行に入っていった。やましい用事で訪れていることは重々自覚し、この用が済んでいりゃなあと心の底から思っていた。少したためらってから現金出納係に近づくと通帳を見せて、こう言った。「預けている金をおろしたい」

銀行員は通帳を手に取り、一瞬眺めてから言った。「いくらお引き出しになりますか？」

「全部」とトラヴィスは言った。

「一部でしたらおいくらでも結構ですが、全額となりますと一週間前にご連絡いただく決まりでして」

「じゃあ、百ドル引き出す」

「こちらの通帳のご名義人でしょうか」

「はい」トラヴィスは間髪を容れずに言った。

「お名前は――」

「ハンターだ」

銀行員は預金者の名前を記した、二つ折り判の大きな帳簿の置き場へ行き、ページをめくりだした。そうしながら、銀行関係者の青年に警察官を呼びに行かせることに成功した。この動きにトラヴィスは気がつかなかった。あるいは自分に関わると考えていなかった。貯蓄銀行に不慣れだったため、当然の遅れだと見なしていた。実は警官を呼ぶまでのただの時間稼ぎだった調べものが終わると現金係は戻り、トラヴィスのほうへ紙を一枚すべらせ、言った。「お引き出しには請求書を書いていただく必要があります」

トラヴィスは窓口の外側の台にペンを見つけ、手に取った。請求書を記し、「ディック・ハンター」と署名した。通帳の表紙にこの名前が記されていることに気づいていた。

「お名前はディック・ハンターということですね?」現金係はそう言って紙を受けとり、眼鏡越しに泥棒を見た。

「はい」トラヴィスは即答した。

「ですが」と現金係はつづけた。「通帳にはハンターの年齢が十四歳と記載されています。お歳はもっと上とお見受けします」

まだ十四歳だと言えたならトラヴィスは喜んでそう言いたかった。だが実際は二十三で、ふさふさした口髭もたくわえており、そんなことは夢にも考えられなかった。

トラヴィスは落ち着かなくなってきた。

「ディック・ハンターは弟なんだ」彼は言った。「弟のために金をおろしている」

「さきほどお名前がディック・ハンターとおっしゃったと思いますが」現金係は言った。

「ハンターと言ったんだよ」トラヴィスは巧妙に言った。「質問を誤解したんだ」

「しかし、この引き出し請求書にはディック・ハンターと署名しておられる。これはどういうわけで？」うるさい現金係が訊ねた。

トラヴィスは苦境に追い込まれつつあることに気がついたが、まだ冷静さは失っていなかった。

「弟の名前にしないといけないと思ったんだ」

「お客さまのお名前は？」

「ヘンリー・ハンター」

「いまのお話が事実だと証明できる方をお連れくださいますか？」

「ああ、お望みなら十人でも連れて来る」トラヴィスが居直って言った。「通帳をよこせ。午後にまた来る。金をちょっとおろすのがこんなに面倒だと思わなかった」

「お待ちください。どうして弟さんご本人がいらっしゃらなかったのですか？」

「病気だからだよ。はしかにかかって寝てんだ」トラヴィスが言った。

ここで現金係は、ディックに立ち上がって姿を見せるよう合図を送り、ディックは応じた。

「ご快復をご覧になり、お客様もさぞお喜びのことでしょう」現金係はそう言うとディックを指さした。

トラヴィスは一巻の終わりを悟り、怒りと落胆の叫びを上げ、出入り口へと急いだ。身の安全を思えば、それが賢明だと思ったからである。しかし、もう遅かった。トラヴィスの目の前にがっちりした警官がいた。警官はトラヴィスの腕をつかみ、言った。

「そんなに急ぎなさんな。用がある」

「放せ」とトラヴィスは叫び、自由になろうともがいた。

「悪いが、だめだ」警官が言った。「騒がないほうがいいぞ。さもないと少し痛い目にあわせなきゃならなくなるかもしれん」

トラヴィスはふてくされて運命を受け入れ、憤怒の表情でディックをにらみつけた。この不運に自分を陥れたのはディックだと思っているのだった。

「きみの通帳だ」現金係はそう言って、我らがヒーローに所有物を手渡した。「おいくらか引き出します?」

「二ドル」とディックは言った。

「結構。その額の引き出し請求書を書いて」

ディックは請求書に取りかかる前に、トラヴィスが法の支配下に入ったのを見て哀れになり、警官のところに行って、こう言った。

「放してやってくれませんか？　通帳は取り返せたし、罰してもらわなくていいんです」

「悪いけど、その頼みは聞けないな」と警官は言った。「私にはそういう権限はないんだ。裁判を受けてもらわないと」

「残念だね、トラヴィス」ディックは言った。「逮捕してもらいたいなんて思ってなかった。通帳さえ戻ってくればよかったんだ」

「おめえなんか糞くらえ！」トラヴィスは復讐心をあらわにディックをにらんで言った。「自由の身になるまで待ってろよ。こらしめてやるから見てろ」

「あまり同情しなくていいよ」警官が言った。「こいつのこと思い出した。前にも島に行ってるよ」

「うそだね」トラヴィスが猛然と言った。

「あんまり騒ぎなさんな」警官が言った。「これ以上ここに用がないなら、行くぞ」

警官は捕らえた者を連れて出て行き、ディックは二ドルを引き出して銀行を出た。

ディックは拘束された者から激しい言葉を浴びせられ、窃盗もされかけたものの、自分が逮捕のきっかけになったことが悔やまれた。

もっと安全な場所に通帳を置こうとディックは考えた。さてと、トム・ウィルキンズに会いにいかなきゃ。

トラヴィスと窃盗の話を打ち切る前にこれだけは言っておこう。やがてトラヴィスは裁判にかけられ、あきらかに有罪だったためブラックウェルズ島に送られ、九か月過ごした。刑期を終えて釈放されたとき、トラヴィスは船上の労働を船賃に代えてサンフランシスコ行きに乗せてもらえることになった。じきに向こうに着いたと思われる。いずれにせよその後音沙汰はない。ディックに仕返しをするという脅しが行動に移される日はおそらく来ないだろう。

ディックは市庁舎公園に戻り、まもなくトム・ウィルキンズと会うことができた。

「調子はどう、トム?」ディックは言った。「お母さんの調子はどう?」

「よくなってきたんだよ、ディック。ありがとう。路頭に迷うかもって心配してたんだ。でも、きみがくれたお金をあげたでしょ。そのおかげでいまはずいぶん気が休まってる」

「もう少し足しにして、トム」ディックはそう言い、ポケットから二ドル札を出して見せた。

「それをもらっちゃまずいよ、ディック」

「いや、いいんだよ、トム。心配するな」

「でも、きみがいつか要るかもしれないよ」

「これの出所《でどこ》にはもっとあるんだ」

「ともかく一ドルで充分だよ。それがあれば、家賃が払えるから」

「もう一ドルは食べ物を買うのに要るよ」

「本当に親切だね、ディック」

「そうすべきなんだよ。俺はさ、自分の面倒さえ見りゃいいんだから」

「じゃあ、母さんのためにもらうよ。なんか頼みたいときは、いつでもトム・ウィルキンズに言って」

「わかった。来週お母さんの調子がよくなってなかったら、もっとあげるからな」

トムは大いに感謝して我らがヒーローに礼を言った。ディックはその場を去りながら、気前の良い、私心のない行動につきものの満足感を覚えていた。ディックは気前の良い性分で、読者の目に留まる前まではまわりにちょくちょく葉巻やオイスター・シチューをおごっていた。友だちを劇場に招待することもあった。だがその種の気前の良さからは、トム・ウィルキンズに対する時宜を得た贈り物から得られたほどの満足感を得たことはなかった。今回は金をよい相手に贈ったと思った。一家全員を欠乏と不安から救えるのだ。たしかに五ドルという額はディックの貯金額に響く。一週間で貯められる額よりも大きい。だが、自分がしたことに対する見返りをすでに充分得たとディックは感じていた。もしもトムの母親の具合が今後も快復せず、自分が必要と見れば、また同じ額を与える心づもりでいた。

これに加えて、これほど気前の良い贈り物を与えられる自らの財力をディックは当然ながら誇らしく思った。これが一年前だったら、与えたいとどんなに願ったとしても、五ドルを贈るなんてどだい無理だった。そもそもそんな現金残高はなかった。事実、残金が一ドルに及ぶことは稀だった。禁欲と賢明な節約の利益を、ディックは幾重にも刈り取りはじめていたのである。

ホイットニー氏が別れ際にディックに五ドルを贈ったとき、きみのように上へ向かって頑張っている少年に返したらどうかと言っていたことを覚えておられるだろう。ディックはそのことを思い、結局、昔の借金をすっかり返しただけなんだ、とふと思った。

夕方、フォズディックが帰宅すると、ディックはなくした金を首尾よく取り返せたことを報告し、いきさつを説明した。

「ツイてるね」フォズディックは言った。「もうたんすの抽斗を当てにしないほうがよさそうだね」

「通帳は持ち歩くつもりだよ」とディックが言った。

「僕もそうする。ムーニーさんのとこにいるかぎりはね。もっといいところに住んでいればなあ」

「トラヴィスは戻ってこないだろうってムーニーさんに言ってこなきゃ。あいつもかわいそうなやつだな！」

ムーニーさんの家にトラヴィスは二度と姿を現わさなかった。トラヴィスが部屋代を二週間分滞納していたため、ムーニーさんはトラヴィスに同情する気はほとんど起こらなかった。トラヴィスの部屋はまもなくもっと信頼できる下宿人に貸し出され、その人は前の住人に比べて、はるかに厄介ではない隣人となった。

第二十四章　ディック、手紙をもらう

ディックが通帳を取り戻して一週間ほど経ったある夕方、フォズディックが『ディリー・サン』紙を手に帰宅した。

「きみの名前が活字になっているのを見たい？」フォズディックは訊ねた。

「ああ」ディックは言った。彼は洗面台の前に立ち、一日の仕事が両手に残した跡を落とそうとしていた。「市長候補に推されたんじゃないよね？　そうだとしても引き受けないよ。俺の商売の邪魔になりすぎるから」

「いいや」とフォズディックが言った。「まだ公職の候補者には推されていない。いつかはありうるけど。でも名前が印刷されているのを見たかったら、ほら」

ディックは大いに疑っている様子だったが、タオルで手を拭いて新聞を手に取り、フォズディックの指に導かれて、広告された手紙の長いリストのなかに「ぼろ着のディック」という名前を認めた。

「あれまあ、ほんとだ」ディックは言った。「俺のことかな？」

『ぼろ着のディック』を僕はほかに知らないよ。きみは知ってる？」

「知らないな」ディックは考え込みながら言った。「きっと俺のことだ。でも俺に手紙をくれそうな人はいない」

「フランク・ホイットニーかもしれないよ」フォズディックはしばらく考えたのち、提案した。「手紙をくれる約束じゃなかった？」

「うん」ディックが言った。「俺にも書いてほしいって言ってた」

「いまはどこにいるの？」

「コネチカットの寄宿学校に行く途中だって言ってたよ。バーントンって町の」

「手紙はたぶんフランクからだよ」

「だといいな。フランクはとびきりのやつでさ。こんなに無知で汚くて恥ずかしいってはじめて思わせてくれたんだ」

「明日の朝、郵便局に行って、手紙をくださいって言ったほうがいいよ」

「俺には渡してくれないかもな」

「一年前にフランクがきみをはじめて見たときに着ていた、あのぼろを着たら？　そうすれば、ぼろ着のディックだってこと、郵便局の人たちはちっとも疑わないよ」

「そうするか。あれを着てんのを見られるのはなんだか恥ずかしいけど」ディックは言った。我々にはじめて紹介されたときに比べて、きちんとした風采にかなり誇りを持つようになっていた。

「たった一日、それか朝だけだよ」フォズディックが言った。

「フランクの手紙をもらえるんなら、もっとたいへんなことだってするよ。フランクに会いたいな」

翌朝、フォズディックが提案したとおり、ディックはひさしぶりにワシントンのコートとナポレオンのズボンで着飾った。ディックにも理由はわからなかったが、どちらもていねいにしまってあったのだ。

身支度が整うとディックは鏡で自分の姿をざっと眺めた。部屋に備わっていた、横十七・五センチ、縦二十二・五センチの鏡⑮がその名に値するならば、だが。しげしげと見た結果は、あまり愉快なものではなかった。正直、ディックは自分の風采が相当恥ずかしかったため、部屋のドアを開けるとあたりを見回し、誰もいないことを確かめた。その姿をほかの下宿人の誰にも見られたくなかったのである。

ディックは人目に触れずに通りまで忍び出ることに成功し、いつも朝早くダウンタウンに来る二、三人の顧客の世話をしたあと、ナッソー通りを郵便局まで歩いた。そして「広告した手紙」と書かれている仕切りまで進み、小さな窓口の前に出て、こう言った。

「手紙を取りに来ました。昨日の『サン』に広告が出てたんです」

「名前は？」局員が訊ねた。

「ぼろ着のディック」我らがヒーローは答えた。

「変わった名前だね」局員は言い、興味ありげにディックを見た。「きみがぼろ着のディック？」

「信じられなかったら、この服を見て」ディックは言った。

「かなり立派な証拠に違いない」局員は笑いながら言った。「きみの名前じゃないとしても、きみにふさわしいね」

「名前に合わせておしゃれをするのが大事だと思ってるんで」ディックが言った。

「コネチカット州バーントンに知り合いはいる？」局員が訊ねた。すでに手紙を見つけていた。

「はい」ディックが言った。「そこの寄宿学校にいる子です」

「男の子の字みたいだ。きっときみ宛てだ」

窓口を通して手紙が渡された。ディックはうれしそうに受け取ると、窓口から離れて、ひっきりなしに手紙を求めたり、投函用の箱に手紙をすべり込ませたりしている大勢の人々の邪魔にならないようにした。そして急いで手紙を開き、読みだした。読者のみなさんも手紙の中身に興味がおありかもしれないので、以下に記そう。

手紙はコネチカット州バーントン発となっており、次のような書き出しだった。

ディックへ

この手紙を「ぼろ着のディック」にあてたことを許してください。ぼくはきみのラスト・ネームも住所も知らないのです。この手紙をきみが受けとる可能性は残念ながら低そうですが、届くよう願っています。きみのことをしょっちゅう思い浮かべ、どうしているかなといろいろ考えていました。手紙をどこにあてたらよいかわかっていれば、もっと早く手紙を書いたでしょう。

ぼくのことを少し知らせます。バーントンはとてもきれいな田舎町でハートフォードからたった十キロくらいしかはなれていません。ぼくの学んでいる寄宿学校の校長先生の名前は、エゼキエル・マンロー A.M. です。五十歳くらいで、イェール大学を卒業してからずっと先生をしています。学校は二階建ての大きな家です。あとから増やした部分に生徒用の小さな寝室がたくさん入っています。生徒は約二十名で、英米文学系を教える補助の先生が一人います。マンロー先生をぼくらはこっそりオールド・ジークというあだ名で呼んでいます。オールド・ジークはラテン語とギリシア語を教えていて、ぼくは両方とも学んでいます。父さんがぼくを大学にやりたいからです。

でも勉強の話はおもしろくないでしょう。遊びについて書きます。マンロー先生の土地は約五十エーカーあるので、遊び場は充分あります。家の四百メートル先にかなり大きな池があります。大きい丸底の頑丈なボートがあって、毎週水曜と土曜は晴れたら池でボートをこぎます。補助教員のバートン先生が面倒を見に一緒にきてくれます。夏は池で水遊びもさせてもらえます。冬は池で愉快にスケートを楽しみます。

このほかに野球もよくするし、それ以外にもいろいろな遊びがあります。だからみんなかなり楽しく過ごしていますが、勉強も一生懸命がんばっています。ぼくの成績は上々です。どの大学にぼくをやるのか、父さんがいま考えています。

ディック、きみがここにいればなあと思います。一緒なら楽しいし、それに、きみも教育を受けているのだと思いたいのです。きみは生まれつきかなり頭がいいと思います。でも暮らしていくお金をかせがなくてはいけないから、学ぶチャンスはごくわずかでしょう。ぼくが使えるお金が何百ドルかあればなあ、と思います。そうしたらきみにここに来てもらって、ぼくらと学校にいってもらいます。きみのためにぼくにできることがこの先なにかあったら、必ず助けるから、そう思っていてください。

そろそろ手紙を終えなくてはなりません。明日、ワシントンの人となりについて作文を出さなくてはならないのです。将軍のお古のコートを着ている友人がいると書くこともできます。でも、もうあのコートも着古してしまったことでしょう。作文を書くのはあまり好きではありません。手紙を書くほうがずっといいです。

思っていたよりも長い手紙になりました。きみに届くよう願っていますが、届かないのではないかと思っています。届いたら、きっと返事を、なるべく早くください。きみが言っていたように「ニワトリの足あと」みたいな字だとしても、気にしないで。

さようならディック。いつでもぼくを真の友だと思ってほしい。

フランク・ホイットニー

この手紙をディックは大いに満足しながら読んだ。人の心に留めてもらえるのはうれしいことだし、ディックは味方が少なかったため、より恵まれている少年たち以上に心に響いた。それに、手紙を受け取ったことで新たな自尊心も芽生えた。生まれてはじめてもらった手紙だった。もし一年前に送られていたら、自力で読むことはかなわなかった。しかしフォズディックの指導のおかげで、いまディックは手書きの字が読めるだけではなく、かなりきれいな字を書けるのだ。

手紙の一節をディックはとりわけうれしく思った。自分にお金があれば、ディックの学費を出したいとフランクが述べたくだりである。

「とびきりいいやつだ」ディックは言った。「また会えるといいなあ」

ディックがフランクに会いたい理由は二つあった。ひとつは、友人に会うときに味わう当然の喜びだ。だがそれとともにディックは、勉強と生活様式の面で自分がとげた進歩をぜひフランクに見てほしいとも思っていた。

最初に俺に会ったときよりも少しはまっとうになっているのを見てもらえるぞ、とディックは思った。

このときディックはプリンティングハウス・スクエアまで来ていた。するとトリビューン新聞社に程近いスプルース通りに、ディックの旧敵ミッキー・マグワイアが立っていた。

前に触れたとおり、ミッキーは自分と同じ境遇なのに自分よりも身なりのいい人々に対し当然の憎しみを覚えていた。この九か月間、ディックのこぎれいな身なりは、文化や教養を嫌うこの蒙昧な若者の怒りを買っていた。こぎれいに装い、清潔な顔で現われることは、ミッキーが思うに生意気なふるまいであり、ディックが抱いている優越感のあらわれだった。それをミッキーは「しゃれ者になろうとしている」と表現していた。

さて、このときミッキーの驚いているまなざしの先には、非常に古びた服をまとったディックがいて、ミッキーとよく似た身なりだった。ミッキーにとっては勝利の瞬間だった。おごれるやつもひさしくなかったぜ、とミッキーは思った。それをディックに思い知らせてやらずにはいられなかった。

「いい服着てんな」近づいて来るディックに、ミッキーは嫌みを効かせて言った。

「ああ」ディックはさっと答えた。「お前の仕立屋に頼んだんだよ。これで顔さえ汚れてりゃあ、お前と双子だと思われるだろうね」

「じゃあ、しゃれ者になるのはあきらめたんだな?」

「今回だけ。特別な用事があったから」ディックは言った。「上流の訪問がしたかったから、軍服を着たのさ」

「それよりましな服を持ってるなんて信じられねえ」ミッキーが言った。

「いいさ」ディックが言った。「お前が何を信じてようと金は取らないよ」

そこへ、ミッキーに客が一人やって来た。ディックは部屋に戻って着替えてから商売を再開した。

第二十五章　ディック、初めて手紙を書く

その日の夕方、フォズディックが家に帰るとディックはたいそう誇らしげに手紙を見せた。

「いい手紙だね」読み終えてフォズディックは言った。「フランクと会ってみたいな」

「そうだろ」ディックが言った。「いいやつなんだ」

「いつ返事を出すの？」

「わからない」ディックはあいまいに答えた。「手紙を書いたことないし」

「だからって書いちゃいけないことにはならないよ。何にでも初めてのときがある」

「なんて書けばいいか、わかんないよ」ディックは言った。

「じゃあ紙を取ってきて、その前に座るんだ。そうすれば言いたいことが充分見つかるよ。今晩は勉強をする代わりにそっちをやればいいよ」

「書きあがったら読んで、ちょいと磨いてくれるなら」

「わかった。必要だったらそうするよ。でもフランクが一番気に入るのは、きみが書

いたままじゃないかな」

ディックはフォズディックの提案を容れることにした。自分に手紙を書く力があるかどうかについては大いに疑問に思っていた。多くの少年同様、ディックは手紙を書くことを大真面目な仕事と見なしていた。要するに紙の上でしゃべるだけだとは考えていなかった。ディックは疑念を抱いていたが、それでも手紙に返事を出すべきだとは感じ、フランクに近況を知らせたいと思った。だからさまざまな準備を経てついにこの仕事に取り組み、その晩のうちに手紙が書きあがった。ディックが生まれて初めて書いた、実にディックらしい手紙だから、読者も読んでみたいかもしれない。

以下がその手紙である。

フランクへ

今朝手紙をもらったよ。きみがぼろ着のディックを忘れてないと聞いて、すごくうれしかった。おれは前ほどぼろ着じゃないんだ。すかし細工のコートやズボンはもうはやらなくなってる。ワシントンのコートとナポレオンのズボンをゆうびん局に行くために着たんだよ。ゆうびん局の人がおれのことを、あて先の少年だと思ってくれないとまずいから。ゆうびん局からもどるときに親友ミッキー・マグワイアから、身なりがよくなったじゃねえかと祝いを言われたよ。

もう箱や古い荷馬車のなかでねるのはやめたんだ。体質にあわないとわかったから。いまはモット通りで間借りしていて、家庭きょうしもいる。いっしょに住んで、夜に勉強を見てもらっている。モット通りはあまり上流じゃないんだ。でも五番街にたててるやしきはまだできてなくて、おれがしらがまじりの古つわものになるまで完成しないんじゃないかと思うよ。そのために百ドルある。かせぎからためたんだ。きみときみのおじさんがしてくれた話は忘れていない。だからまっとうな大人になろうとしている。もう長いことトニー・パスターげきじょうにもオールド・バワリーにも行ってない。老後のささえにできるよう、金をためとくほうがいいからね。しらがになったらくつみがきはやめて、らくで品のいい仕事につくつもりだよ。りんごを売る屋台をやったり、人々にピーナッツを行きわたらせたりするとか。

おれがずいぶん読めるようになった、と家庭きょうしは言っている。地理と文法の勉強もつづけている。じつはおどろくべき進歩をしていて、名詞とせつぞく詞をとおくから見かけたとたん、どっちか見分けられるんだ。マンロー先生につたえてくれ。学校にできのいい先生がほしけりゃ、おれをよびにやれば、すぐに次の汽車にのっていくって。それか、マンロー先生がじぎょう一式を百ドルで売る気があれば、おれが買いとって、知ってることをすべて生徒たちに半年以内でおしえると約束する。ねえ、教えるのってふつう、くつみがきと同じぐらいもうかる？　おれの家庭きょうしは両方やっていて、ものすごい速さで一ざいさんを作ってる。きっといつかアスターと同じくらい大金持ちになるね。そうなるまでずうっと長生きさえできりゃあね。

きみの学校はすごくたのしそうだなあ。おれもボートに乗ったり、野球をしたりしたいよ。次にニューヨークに来るのはいつ？　来るときは手紙でおしえてくれるとうれしい。そうしたら会いに行くよ。そのときは商売をおぜいの店員にまかせて、いっしょにあちこちまわりたい。きみが前に来たときに見てないものがたくさんあるんだ。セントラル・パークでは作業がどんどん進んでる。一年前より見た目がずいぶんよくなってるよ。

手紙をかくのはあまりなれていないんだ。生まれてはじめてかく手紙なんで、まちがいは大目に見てゆるしてくれ。また近いうちに手紙をくれるとうれしい。おれはきみみたいにいい手紙はかけないけど、やれるだけやる。これはブルックリンにむかってうしろむきにおよげるかってきかれた男の答え。じゃあまた、フランク。いろいろ親切にしてくれてありがとう。次の手紙はモット通り某番地にあててくれ。

真の友

ディック・ハンター

最後の一語を書き終えると、ディックは椅子の背にもたれ、満足感にひたりながら手紙をざっと見た。

「こんな長い手紙が書けたなんて思わなかったよ」ディックは言った。

「書けるっていうほうが、文法的にはいいかもね」友人が示唆した。

「たぶんたくさん間違えてるよ」ディックは言った。「ちょっと見て、確かめて」

フォズディックは手紙を手に取り、じっくり読んだ。

「うん、いくつか間違いはある」フォズディックは言った。「でもきみらしい手紙だから、このまま送るほうがいいと思う。そのほうが、はじめて会ったときにどんなふうだったかをフランクに思い出してもらえると思うんだ」

「送ってもいいぐらいちゃんと書けてる？」ディックは心配そうに訊ねた。

「うん。かなりいい手紙だと思う。きみがしゃべるとおりに書いてある。こんな手紙を書けるのはきみだけだよ、ディック。先生として出向くっていう申し出をフランクは面白がるだろうよ」

「このモット通りに俺たちが一流校を開くってのも、いい案かもしれない」ディックがおどけて言った。「こいつはどうだろう。『フォズディック教授とハンターのモット通りセミナリー』。靴磨きはハンター教授が教えます」

夜もかなり更けていたので、ディックは手紙の清書は翌晩に延ばすことにした。ディックはたいへんきれいな字を書けるようになっていたため、清書が仕上がるとかなりの賞賛に値するものになった。その手紙を見て、これがディックの初の試みだとは誰も思わなかったであろう。我らがヒーローは少なからぬ自信をもって手紙を眺めた。実際、自分の目覚ましい躍進ぶりを思い出させてくれたから、手紙はかなり誇らしかった。ディックは郵便局に手紙を持って行き、自分の手でしかるべき箱に投函した。建物から出るとき階段でジョニー・ノーランと会った。ジョニーはどこかの紳士のお使いでウォール街に行った帰りだった。

「こんなとこで何してるの、ディック？」ジョニーは訊ねた。

「手紙を出してきたとこ」

「誰のお使い？」

「誰でもないよ」

「誰が書いた手紙って意味」

「自分で書いたんだよ」

「手紙が書けるの？」ジョニーが驚いて訊ねた。

「書いちゃいけない？」

「字が書けるなんて、知らなかったよ。俺は書けない」

「じゃあ習うべきだよ」

「一回学校に行ったんだ。でもきつくて、やめた」

「お前は怠け者なんだよ、ジョニー。それがいけないんだ。やってみないで、どうやってものを覚えようっていうんだい？」

「俺はものを覚えられないんだよ」

「やりたきゃ、できるよ」

ジョニー・ノーランの意見がまったく異なることは明らかだった。ジョニーは人が好く、年齢のわりに大柄で、欠点はとくにない少年だった。しかし、ディックを際立たせている元気、野心、生来の賢さを欠いていた。境遇が強いる暮らしのなかで成功を収める適応性がジョニーにはなかった。大都会で路上生活を送る少年は油断なく警戒する必要があり、気を配っていなければならない。さもなくば世間様のお引き立てという点で、もっと進取の気性に富む競争相手たちに大差をつけられてしまう。つつましい専門職とはいえ靴磨きとして成功するにも、より高い地位で成功を収めるために必要な資質に頼らなければならない。ジョニーの場合は境遇が大いに味方をしてくれないかぎり、現状からあまり上がれないことは容易に見てとれた。ディックには、はるかによい展開を望まずにはいられない。

第二十六章　ハラハラする冒険

　ディックは店か会計事務室に勤め口を探しはじめた。仕事が見つかるまで、毎日半日は靴磨きをすると決めていた。わずかな蓄えを崩したくなかったのである。家賃全額をふくむ必要経費は、靴磨きを半日すればまかなえることがわかった。フォズディックは家賃を折半したがっていた。しかし、教えてくれている御礼として家賃を払いたいとディックが主張し、申し出を断っていた。

　もうひとつ付け加えねばならない。勉強およびヘンリー・フォズディックとの親交の結果、ディック独特の話し方はかなり改善され、俗語を使わなくなってきていた。とはいえ、ディックは相変わらず話すときに俗語を使って楽しんではいた。とくに冗談を言うときに使っていた。読者がご存じのとおり、ディックにとって冗談を言うことは日常茶飯事である。それでも行儀はかなり改善されており、我々が彼と最初に会ったときに比べれば、仕事に採用される可能性は高そうだった。

　だがこの頃はちょうど不況だったため、商人は新たな助手を雇うどころか、雇用している助手たちを手放す傾向にあった。ディックは何度か仕事に応募し、すべて不採用に終わってしまったとき、どうやら来季まではいまの稼業に留まらざるを得ないだろうと思うようになった。だがちょうどその頃、ディックが抜擢される確率を大いに高めてくれる出来事があった。

いきさつはこんなふうだった。

ディックは貯蓄銀行の預金残高が百ドルをこえ、若い資産家と自任してもおかしくなっていたため、ときおり半日で早仕舞いして遠出をしても許されるだろうと考えた。ある水曜の午後、ヘンリー・フォズディックが雇い主のお使いでブルックリンのグリーンウッド霊園付近に行くことになった。ディックは同行することにして、大急ぎで一張羅を着込んだ。

二人の少年はサウス・フェリーまで歩き、二セントずつ払ってフェリーに乗船した。そして船尾にとどまり、手すりの近くに立って、大都会と混雑した波止場がだんだん遠ざかるさまを眺めていた。横に立つ紳士が子どもを二人連れていた。八つの少女と六つの男児だ。二人は父親と楽しそうに話していた。父親が指をさして面白いものを少女に見せようとしていたとき、男の子のほうは誰にも見とがめられることなく、乗客を守るべく船の端から端まで張られている鎖を這いくぐり、無謀にも縁まで歩いていき、泡立つ水面に落ちた。

子どもの悲鳴を耳にした父親が顔を上げ、恐怖の叫びをあげて船の縁へ突進した。父親はすぐにも飛び込みたかったが泳げなかったため、飛び込んでいたとしても自分の命を危険にさらすだけで、わが子は救えずに終わったであろう。「うちの子がっ！」苦悩する父親は叫んだ。「誰か助けてくれませんか？　助けてくれた人には、一千……一万ドル出します！」

船客は少なく、客の大半は船室または船首にいた。子どもが落ちるのを見ていた数少ない人のひとりが我らがヒーローだった。

さて、ディックは泳ぎの名手だった。以前からの特技で、男の子が落ちるのを見た瞬間、助けようと決めていた。父親の気前のいい申し出を耳にする前から助ける決意は固まっていた。またディックのために言っておかねばならないが、当時は興奮のあまり、父親の申し出はまったく聞こえていなかった。それにたとえ聞こえていたとしても、少年を助けるべく飛び込んだディックの機敏さをさらに速めることは不可能だったろう。

我らがヒーローが水に飛び込んだとき、幼いジョニーはすでに一度浮き上がり、また水に沈んでいた。ディックは子どもの所まで泳がなくてはならず、時間がかかった。そうして間一髪で男の子にたどり着いた。男の子が三度目にしておそらく最後と思われる水没をはじめたとき、ディックが彼の上着をつかんだ。ディックはがっしりしていて力も強かったが、ジョニーが必死にしがみついてきたため、体勢を保つのがやっとだった。

「首につかまって」ディックは声をかけた。

幼い男の子は機械的に言われたとおりにして、恐怖ゆえ馬鹿力でしがみついてきた。ディックはさきほどの体勢よりも男の子の体重に耐えやすくなった。だがフェリーはみるみる遠ざかっていった。フェリーにはとてもたどり着けそうになかった。男の子の父親は恐怖と苦悩で青ざめ、はらはらして両手を組み、勇ましい少年の大奮闘に目をこらし、あの少年がどうにかやり遂げられますようにと苦しみもだえながら一心に祈った。だがディックたちは川のなかほどにおり、果敢に救出を試みたディックが男児もろとも溺死する恐れは大だった。ところが幸い、オールで漕ぐ小舟が近くを通っていた。船上の男性二名は事故を目撃し、我らがヒーローを助けるべく急行していた。

「もう少しがんばれ」男たちは叫び、懸命に漕ぎ、声をかけつづけた。「助けるからな」

その叫びを聞いて、ディックは力がわいた。油断ならない波と勇ましく戦いながら、近づいてくる舟に熱いまなざしを注いでいた。

「ぎゅっとつかまってろ」ディックは言った。「舟が来るから」

男の子は舟のほうを見なかった。恐ろしい水を締め出すべく、両目を閉じていたのだ。その一方で若い保護者にはいっそうしっかりとしがみついた。舟のオールが大きくしっかり六回漕がれ、二人の横に舟がさっと来た。ディックと彼が抱えている幼い荷を力強い手がぐいとつかみ、舟に引き上げた。ディックと男の子から水がぽたぽたと落ちた。

「ありがたい！」子どもが救出されたのを見て、蒸気船上の父親は言った。「あの勇敢な少年に必ずほうびを出す。私の全財産をなげうってでも」

「相当危ないとこだったよ」漕ぎ手の一人がディックに言った。「ずいぶん無茶したな」

「はい」ディックは言った。「水のなかでそう思いました。助けてもらわなかったら、どうなっていたことか」

「どっちにしても勇気がある子だよ。じゃなきゃ、このおちびさんを追って水に飛び込んだりしない。よくやった」

「水には慣れてるんで」ディックは謙虚に言った。「危ないかどうか、考えてみなかったけど、この子が溺れるのを助けに行かずに見ている気はなかったんだ」

舟はただちにブルックリン側のフェリー波止場に向かった。フェリーの船長は救出を見届け、停船は不要と判断し、航行を続けていた。いま、いきさつを語るためにかかった時間よりも、短いあいだの出来事だった。

波止場では男の子を迎えるため、父親が待ち受けていた。父親の感謝と喜びがいかばかりであったか、想像に難くない。彼はうれし涙をどっと流しながら息子を抱きしめた。ディックは遠慮して立ち去ろうとしていたが、紳士がそれに気がつき、子どもをおろし、前に進み出た。そしてディックの手を握りしめ、感極まりながら言った。

「きみは勇気がある。この借りは一生かけても返せない。あのとき間一髪で助けてくださらなければ、いまごろ地獄の苦しみを味わっていた。考えただけでぞっとする」

我らがヒーローは普段は口が達者だったが、賞賛の言葉を聞くと決まりが悪くなった。

「たいしたことじゃありません」ディックは謙虚に言った。「泳ぎは得意なので」

「でも赤の他人のために命をかける子はめったにいない」紳士は言った。「それはそうと」紳士が話をつづけたのは、あることを思いついたからだった。紳士の目は、水が滴るディックの衣服に向けられていた。「きみも息子も濡れた服のままでは風邪をひく。幸い、近くに友人が住んでいる。そこに行けば服を脱げるし、乾かしてもらえる」

風邪はぜんぜん引かないんですとディックは言い張った。だがいまやフォズディックもその場に加わっていた。言うまでもなく、ディックが危険にさらされているのをフォズディックは大いに案じていた。彼が紳士の申し出をぜひ受け入れるようしきりに勧めたため、ついに我らがヒーローは提案を受け入れざるを得なくなった。新しい友人が貸し馬車を確保し、御者は報酬を多くもらう代わりにびしょ濡れの少年たちを乗せることに同意した。そうして彼らは目もくらむ速さで、横丁に建つ感じのいい家に運ばれ、その家で事情がさっと説明されたのち、二人の少年はベッドに寝かされた。

こんな早くからベッドに入るのは慣れてないなあ。ディックは思った。こりゃあ、いままでで一番妙な遠足だな。

たいていの活発な少年同様、ベッドで半日過ごさなくてはならないという見込みはディックもうれしくなかった。だが、予想していたほど長く閉じ込められないで済んだ。

一時間ほど経った頃、部屋のドアが開き、召使いが現われた。何から何まで新品の上等な衣類を一そろい手にしていた。

「のちほどこちらをお召しください」召使いはディックに言った。「でも、お好きなだけ休んでいらしてください」

「それ、誰の服？」

「坊ちゃんのです」

「俺の！　どこから来たんですか？」

「ロックウェルさまが坊ちゃんのために買いにやらせたものです。濡れてしまったお洋服と同じサイズです」

「いまもここにいるんですか？」

「いいえ。息子さんにも服を一そろいお求めになり、ニューヨーク(16)にお帰りになりました。こちらのお手紙をお渡しするようにとのことでした」

ディックが紙を開くと、そこにはこう書かれていた。


どうかこの衣類一式をお受け取りください。一生返せない借金の分割払いの第一回です。濡れてしまったスーツは乾かしてもらうよう頼んであります。ご都合のよいときに受け取ってください。なお、明日、当方の会計事務室にお立ち寄りくださいませんか。パール通り某番地です。

あなたの友
ジェームズ・ロックウェル

第二十七章　結び

新しいスーツをまとったディックは自分の姿をしげしげと眺め大いに満足していた。無理もない。それまで着たなかで一番上等で、あつらえたようにぴったりだったのだ。本当によくしてくれたなあ。ディックは思った。でもこの服をくれる理由なんてなんにもなかったのに。ああ、俺の幸運の星はいまずいぶん明るく輝いているぞ。水に飛び込むほうが靴磨きより稼ぎはいいけど、せいぜい週にいっぺんにしておきたいねえ。

翌朝十一時ごろ、ディックはパール通りにあるロックウェル氏の会計事務室に赴いた。そこは大きくて立派な問屋だった。会計事務室は下の階にあった。我らがヒーローが入っていくとロックウェル氏は机に向かっていた。氏はディックを見るとすぐに立ち上がって歩みより、たいへん打ち解けた態度でディックと握手を交わした。

「きみに大きな恩義がある。だから何か恩返しがしたい。きみのことを話してくれないか。将来についてどんな計画を立てて、どんな希望を抱いているのか」

ディックは経歴を率直に語り、いつかお店か会計室で働き口を得たいと思っているが、応募先すべてで不首尾に終わっていることを氏に話した。商人であるロックウェル氏はディックの話にじっくりと耳を傾け、話が終わるとディックにペンを手渡し、こう言った。「この紙に名前を書いてくれるかい？」

ディックはのびのびした肉太の文字で、リチャード・ハンターと名を書いた。いまやなかなかの達筆になっていることは前に触れたとおりで、筆跡を恥じる理由はもうなかった。

ロックウェル氏はその文字を満足げに眺めた。

「私の会計室に事務員として入る気はあるかい、リチャード？」

ディックは「すげえ」と言う寸前で冷静さを取り戻し、「喜んで」と答えた。

「計算も少しはできる。そうだね？」

「はい」

「では、週給十ドルで採用されたと思っていい。来週の月曜の朝からいらっしゃい」

「十ドル！」ディックは復唱した。何か誤解したのだろうと思ったのだ。

「そうだよ。それで足りるかい？」

「俺が稼げる分よりも多いです」ディックは正直に言った。

「はじめはそうかもしれないね」ロックウェル氏はほほえんで言った。「でも私がそれだけ出したいんだ。今後のきみの進歩次第で、どんどん昇進もさせる」

ディックはうれしさのあまり、相手をびっくり仰天させるような行動を取りかねなかったが、かろうじてこらえ、自制心を働かせ、次のように言うにとどめた。「忠実に仕えます。雇わなきゃよかったと思われないよう、がんばります」

「きっとうまくやっていける」ロックウェル氏が励ますように言った。「これ以上引き止めないよ。これから大事な仕事があるのでね。それでは月曜の朝に会おう」

会計室を出るとき、ディックは自分が逆立ちをしているのか、立っているのかわからないほど、運命の急変に狂喜していた。ディックにとって週十ドルは大金だったし、想定していた初任給の三倍だった。たった一日前なら、週給三ドルの勤め口を得られたら喜んだであろう。ディックは考えた。手持ちの衣服があれば、給料の少なくとも半分は貯蓄できるうえ、いままでよりもいい暮らしができる。だから貯蓄銀行に預けているわずかな資金は減るどころか、着実に増える。そのうえ力に応じて昇進させてくれるという。たった一年前は字を読むことも書くこともできず、その晩の寝場所があるかどうかは路地や古い荷馬車がたまたまもてなしてくれるかどうか次第だった少年にとって、実に明るい見通しだった。「まっとうな大人になる」という大志が最終的には達成される見込みが高まってきた。

フォズディックも同じくらい恵まれていればいいのに。ディックは友を思いやった。

しかし、自分ほど恵まれていない友を手助けしよう、自分が上へ登りながら、友が梯子段を上がってゆけるよう手を貸そうと決意した。

モット通りの部屋に入ったとき、ディックは気がついた。何者かが先に部屋に入っており、衣類が二点紛失していた。

「驚いたね！」ディックは大声を出した。「ワシントン・コートとナポレオン・ズボンを誰かに盗られたよ。バーナムの斡旋人かもしれないね。流行を追う紳士の超キチョーなワードローブを展示して大儲けしようって魂胆なんじゃないか」

ディックはこの紛失について涙は流さなかった。いまの境遇では、すっかり着古したあの衣類はもう不要だと考えていたからである。のちにその衣類がミッキー・マグワイアの身を飾っているのを目にしたが、かの尊敬すべき青年が衣類を盗んだか否かについては、結局判然としなかった。紛失について、ディックはかなり喜ばしいと捉えていた。紛失はかつての宿無し生活を自分から切り離してくれたように思われた。宿無し暮らしには二度と戻りたくなかった。今後どんどん前に進み、なるべく高みまで上がるつもりだった。

まだ正午だったが、その後ディックは靴ブラシを手にまた出かけることはしなかった。稼業を辞める潮時だと感じたのだ。お得意さんたちは自分ほど恵まれていない少年たちに譲ろうと思った。その晩ディックとフォズディックはじっくり話し合った。

フォズディックは友の成功を心底喜び、彼自身のよい知らせもあった。昇給し、週給

六ドルになったのだ。

「これでモット通りから引っ越しても暮らしていけると思うよ」フォズディックはつづけた。「この家はもっときれいにできるのに手を抜いている。それに、もっと感じのいい地区に住みたいんだ」

「いいよ」ディックは言った。「明日新しい部屋を見つけよう。俺は稼業を辞めたから、時間がたっぷりある。お得意さんには代わりにジョニー・ノーランをひいきにしてくれるよう頼んでみる。あいつは世渡りが下手なんだ。誰かが面倒をみないと」

「道具箱とブラシもあげてもいいんじゃない、ディック」

「いや」とディックは言った。「新しいのを何個かやる。俺のは取っておきたいんだ。辛かったときを思い出せるように。なんにも知らない靴磨きで、ましなものになれるなんて思ってもいなかった頃をね」

「つまり『ぼろ着のディック』だった頃だね。もうその名前はやめて、これからは自分のことを違うふうに見なさないとね。たとえば――」

「リチャード・ハンター様」我らがヒーローはほほえみながら言った。

「名声と富へ向かう若紳士」とフォズディックがつけ足した。

＊　＊　＊

これで『ぼろ着のディック』の物語は終わる。フォズディックが言ったとおり、彼はもう「ぼろ着のディック」ではない。一段上がり、さらに高みへ登ろうと心に決めている。新たな冒険が彼を待っている。ほかの登場人物たちについても同様である。彼の若い頃にご関心を持たれた方々は、新たな巻に彼のその後の経歴を見出されるだろう。本シリーズ第二作にあたり、題名は以下となる予定である。

『名声と富(17)
　　または
リチャード・ハンターの進歩』

訳注

第一章

(1) **オールド・バワリー**　バワリーはニューヨーク下町の、東京でいえば浅草のような盛り場。この作品に描かれている時代には下層階級の人たちの歓楽地区だった。劇場が並び、その代表的なものがバワリー劇場だった。「オールド」は、「古い」というよりもむしろ親愛の情をこめた呼び名。しかしニュー・バワリー劇場ができてから文字通り「古い」バワリー劇場となった。なおバワリーが庶民の街であるのに対して、ブロードウェイはどちらかといえば金持ちの街であった。

第二章

(2) **アスター・ハウス**　ブロードウェイに面して建つホテル。一八三六年に完成した、ニューヨーク最初の豪華ホテルで、長いあいだ、ニューヨークを代表するホテルでもあった。

第三章

（3）**バーナム**　バーナムのアメリカ博物館（Barnum's American Museum）。興行師P・T・バーナム（一八一〇－九一）が一八四一年に創設した。博物館というが、見世物、芝居などを巧みに企画宣伝し、人気を集める。入場料は二十五セント。ブロードウェイとアン通りの交差点にあったが、一八六五年七月十三日に焼失した。場所を変えて再開したものの、一八六八年三月にふたたび火事で失われる。

第五章

（4）**ハエがクモに言っていたのと同じ**　一八二九年に発表されたメアリ・ハウイット（Mary Howitt）の詩「クモとハエ」（"The Spider and the Fly"）を指す。「クモとハエ」ではクモがハエを自宅へ何度も誘い、ハエは身の危険を感じて"Oh no, no"と断りつづける。だが、最後になってハエはお世辞に乗せられ、クモに捕まってしまう。ハウイット（一七九九－一八八八）はイギリスの作家、詩人、編集者、翻訳家。

（5）**ホレス・グリーリー（Horace Greeley）**　ジャーナリスト、政治評論家（一八一一－七二）。『ニューヨーク・トリビューン』紙を創刊。

（6）A・T・スチュワート（Alexander Turney Stewart）　A・T・スチュワート社の創始者（一八〇三－七六）。アイルランド生まれ。移住して一八二三年にニューヨーク市に衣料店を開き、一八四六年にデパート化した。

（7）ハッピー・ファミリー（the Happy Family）　バーナム博物館の見世物のひとつで、大きな檻のなかにさまざまな動物が入っていた。猫、犬、ネズミ、モルモット、鷹、鳩、アリクイ、フクロウ、ウサギ、サル、雄鶏、アライグマ、ウッドチャック、アルマジロ、オポッサムなどが互いを襲ったり食べたりすることなく共存していたという。

第六章

（8）ピーター・クーパー（Peter Cooper）　製造業者、発明家、慈善家（一七九一－一八八三）。一八三〇年にアメリカ初の蒸気機関車を完成した。一八五九年には授業料無料の高等教育機関クーパー・ユニオンを創設した。ディックたちが見た建物は、クーパー・ユニオン・ファウンディション・ビル。

（9）ディック・ホイッティントン（Dick Whittington）　本名リチャード・ホイ

ッティントン（一三五八？―一四二三）。イギリスの商人で三度ロンドン市長を務めた。猫のおかげで市長となった伝説の主人公として有名だが、事実は異なる。

（10）**彼の間違い**　「バガボーン」（vagabone）は、正しくは「バガボンド」（vagabond）。

第七章

（11）**ファイブ・ポインツ**　ニューヨークの下町で、当時、最も貧しい人たちの住む地区とされ、犯罪地帯としても悪名高かった。五つの通りが集まるのでこの名がついた。やがてディックが下宿するモット通りは、ここから遠くない所にある。

（12）**広く知られている詩**　「着るものがない」（"Nothing to Wear"）のこと。一八五七年に週刊誌『ハーパーズ・ウィークリー』に作者匿名で掲載されて評判を呼び、九か月後に同じ出版社の月刊誌に作者ウィリアム・アレン・バトラー（William Allen Butler）の名前入りで再掲載された。詩にうたわれるフローラ・マクフリムジーはマディソン・スクエアで優雅に暮らす衣装持ちである。だがパリで買い物三昧のあと三か月足らずで、パーティに着ていくものがないと嘆く。彼女の元婚約者はその様子を描き、「着るものがない」と嘆く世の女たちを面白おかしく批判し、最後は戒める。

アルジャーはこの詩に影響を受け、同じ年に詩「することがない」("Nothing to Do: A Tilt at Our Best Society," Boston: James French & Co.) を発表し、バトラーに献じている。この詩の終わりで、何も「することがない」裕福な青年と「着るものがない」ミス・マクフリムジーが婚約する。

(13) **スチュワートなのかアスターなのか**　いずれも成金の大資産家。スチュワートは小売業で成功し、富豪となった人物（訳注6参照）。アスター家はニューヨークの新興成金のなかではいわば名門である。ジョン・ジェイコブ・アスター（John Jacob Astor）はドイツ出身の移民で、毛皮商人として富を築いた（一七六三－一八四八）。マンハッタンで不動産を買い占め、ディックの友人フランクが宿泊する豪華なホテル、アスター・ハウスの創始者でもある。子孫が事業と財産を受け継いだ。

第八章

(14) **ホレス・グリーリーとジェームズ・ゴードン・ベネット（James Gordon Bennett)**　グリーリーについては訳注5参照。ベネット（一七九五－一八七二）もジャーナリストで、『ニューヨーク・ヘラルド』紙を創刊。

第二十四章

(15) **鏡** 第十二章に出てきた鏡であろうが、大きさの記述に少々ずれがある。第十二章では横二十センチ、縦二十五センチ、ここでは横十七・五センチ、縦二十二・五センチ。

第二十六章

(16) **ニューヨークにお帰りに** 当時ブルックリンはニューヨークとは別の独立した市だったので、ニューヨークへ「帰る」という表現になる。

第二十七章

(17) **『名声と富』**(*Fame and Fortune*) 六作品からなる「ぼろ着のディック」シリーズの二つ目の作品で一八六八年に発表された。ディックとヘンリー・フォズディックはブリーカー通りの下宿に移っている。二人は同じ下宿に暮らす教師の指導を受け、毎晩の勉強を続ける。ディックはロックウェル氏の会社に勤め、ロックウェル家にも招待され、異例の抜擢と厚遇は同僚の妬みを買う。

解説

渡《わた》辺《なべ》利《とし》雄《お》

アメリカには、家柄も学歴もない貧しい少年も、勤勉に働き、節約に心がけさえすれば、その努力はやがて報われ、経済的に成功し、豊かな生活が保証されるという信仰に近い夢がある。「アメリカの夢」である。この夢はアメリカ独立に大きく貢献した一八世紀のベンジャミン・フランクリンに遡り、一九世紀に入ると、無一文でスコットランドから移民してきた少年でありながら、一代で巨万の富を築いた鉄鋼王アンドルー・カーネギーの輝かしい生涯によって実証された。彼だけではない。少なからざる貧しい環境出身の少年が「成功物語」のヒーローとして歴史に名を残している。この夢は現在も受け継がれている。黒人運動の指導者マーティン・ルーサー・キング牧師は、アメリカには未来に開かれた夢があり、その夢は「アメリカの夢」に基づくと熱っぽく訴えた。

このように、アメリカの成功の夢はアメリカ建国以来の歴史を持っているが、この夢をアメリカの若者たちに決定的に印象づけたのは、一九世紀後半、百数十編もの貧しい少年の成功物語を少年小説として書いたホレイショー・アルジャーであった。彼はニューヨーク市の新聞売りや靴磨き少年たちの宿泊施設の指導者として彼らと生活を共にし、彼らの生活を観察するとともに、少年たちのもっと恵まれた将来を願って次々と少年向きの小説を書いていった。ここに訳出した『ぼろ着のディック』（雑誌連載、一八六七。単行本出版、一八六八）はそうした彼の少年小説の第一作であり、代表作として知られている。当時、ベストセラーにもなった。ここには一人の貧しい靴磨きの少年が、大都会ニューヨークのさまざまな誘惑や、危険に晒されながら、勤勉・誠実・節約の生活を心がけ、独立独行、積極的に生き、最後は経済的に安定し、社会的地位も保証された生活の第一歩を踏み出す。この主人公の成功の物語を読んで、当時の若い、貧しい、すぐれた才能をもった少年が自分の置かれた現状に満足せず、発奮し、第二のフランクリン、カーネギーを目指したであろうことは想像に難しくない。アルジャーの名前はアメリカの成功の夢と切っても切れない関係をもつことになった。

しかし、ここで言っておきたいことが一つある。というのは、これまで述べてきたことはアルジャーについて一般に言われていることだが、彼の伝記を調べたり、彼の小説を丁寧に読むと、必ずしも事実ではないし、彼の成功物語も小説の一部の誇大な解釈によるといえるからだ。彼は少年施設で長年暮らし、恵まれない少年たちの面倒をみてきたが、その関係は必ずしも正常なものではなかったようである。三〇代の中頃、牧師をしていた彼は少年とある忌まわしい事件を引き起こし、教会から追放されている。また、死後、伝記を書かれることを極端に恐れ、日記、書簡などプライベートな文書はすべて廃棄処分した。そして、ベストセラー作家でありながら、出版社との契約に無知で、生涯、経済的な成功とは無縁であった。彼自身の生涯は、ある意味では、失敗者のそれであった。また、彼の少年小説は勤勉、誠実、節約などを強調しているが、少年の成功に決定的な役割を果たすのは、そうした個人的な努力というよりは、少年に援助の手を差しのべる偶然の金持ちの存在でもある。こうしたことは、このあともう少し詳しく見てゆくことにするが、順序として、彼の生涯の概略をまず紹介しよう。

アルジャーは、一八三二年、マサチューセッツ州チェルシー（現在はリヴィアの一部）にユニタリアン派の牧師の子に生まれた。厳格な牧師の父はアルジャーを自分の跡を継ぐ牧師にしようと幼時から厳しい宗教教育を施した。この威圧的な父の下で父親コンプレックスに苦しみ、このため、生涯、成熟した大人に成りきれなかったようである。身長も低く、子供のようだった。また、吃《ども》る癖があったが、原因はこの父との関係にあるとされる。学校では「聖人ホレイショー」とあだ名された。一八四八年、十六歳でハーヴァード大学に入学。牧師の子でありながら、将来は牧師というよりは、教師か文筆家になることを希望し、大学時代から短い小説や詩を書いていた。一八六〇年、寄り道をしたあと、ハーヴァードの神学部を卒業する。しかし、直ちに聖職にはつかず、イタリア、フランスなどヨーロッパ旅行に出かけた。一八六二年、帰国し、折からの南北戦争に参戦しようとしたが、身長不足や弱視、持病の喘息などのゆえに入隊を拒否され、屈辱感を味わった。一八六四年には、最初の少年向けの小説「フランクの従軍」を発表したが、小説家としては生計を立てられず、その年の十二月、ケープ・コッドのブルースターの教会の牧師となった。しかし、逞しい船乗りたちの町の教会の牧師としてはあまりにも都会的で軟弱に思われただけでなく、二年後には、少年との関係を疑われ、教会を追われるという不祥事を引き起こした。

こうして、一八六六年三月に、ニューヨーク市に出て、新聞売りの宿泊施設に少年指導の牧師の口を見つけ、少年たちと寝食を共にし、彼らの教育に当たるとともに、当時彼らを食い物にしていたニューヨークの「親方」制度の廃止など、少年たちの生活条件改善のために奔走した。同時に、少年たちの生活を素材にした少年小説を次々と書く。その第一作がこの『ぼろ着のディック』で、これがベストセラーとなり、彼はこのあと「ディック・シリーズ」など、少なくとも一三〇編のこうした成功物語を書くことになった。すべて読み捨てといってよい廉価版で出版され、出版点数の正確な記録は残っておらず、また全体の売上部数も一七〇〇万部から三〇〇〇万部まで、さまざまに推定されている。膨大な数が売れたことは間違いない。こうして、彼は小説家として確実に成功の道を歩んだかにみえたが、現実には、既に述べたとおり、印税を歩合制でなく、買い取り制にしていたため、利益はすべて出版社に横取りされ、彼は自分の小説で成功の秘訣を説きながら、成功とはおよそ縁のない生涯を送った。その後は、ヨーロッパ旅行に出かけたり、健康上の理由で西部に一時滞在したりしたが、少年小説のベストセラー作家として知られていたものの、個人的な生活はほとんど注目されなかった。晩年は、マサチューセッツ州に住む身内と暮らし、一八九九年、静かにこの世を去った。

ところで、世に伝わっているアルジャー像は誤解に基づくところが少なくない。その原因の一部は彼自身にあった。既に述べたとおり、彼は死の直前、自分の生涯を知られることを恐れて、生涯に関する証拠物件をすべて抹殺した。そうしたなかで、一九二八年、ハーバート・メイズによって書かれた彼の最初の伝記は、伝記と称しながら、事実の裏付けを全く欠いた創作でしかなかった。実在しない日記や手紙を捏造さえしており、そのことを指摘されたメイズはその事実を認めた。しかし、そこに描かれた最初の彼の姿は、一九八五年、伝記的な事実を厳密に洗い直し、それに基づいて新しく書かれた伝記が出るまで、アルジャーの理解に色濃く影を落とすことになった。

そうした伝記的な事柄にここでこれ以上深入りする紙数の余裕はないが、もう一点、アメリカの夢、成功物語との関係も、かなりの部分、後のアメリカの社会が作り上げたフィクションであることを言っておきたい。彼自身、自分の小説が「アメリカの夢」の教科書として読まれることを予想していなかっただろう。そもそも「アメリカの夢」という言葉がアメリカで広く使われるようになったのは、一九二〇年代末から三〇年代にかけてのことであった。アメリカは、一九二九年ウォール街の株価大暴落をきっかけに大不況の時代に陥る。成功の夢は文字通り「夢」でしかなくなった。ところが、はなはだ皮肉なことに、そういう時代になってこそ「アメリカの夢」は求められるようになったのである。そして、アルジャーと結びつけられたのだ。彼の少年小説は、死後も彼の名前でゴーストライターによって次々と書き継がれた。そこには相も変わらず、物質的な成功を夢見る勤勉な少年の健気な姿が手を変え品を変え描かれていた。自由で平等なアメリカ社会にはなお成功の機会が見出される。読者もそれを求めていたのだ。しかし、彼の成功物語はただ少年の勤勉、誠実、節約、向上の意欲、それだけを強調しているのだろうか。

そこで、もう一度、『ぼろ着のディック』を読み直してみよう。確かに、ディックは成功の教科書の定石どおり、勤勉に働き、無駄遣いをせず、誠実に生きる。努力は報われ、怠惰は破滅を招くと信じている。そして、彼は名声と富に向かうことになる。しかし、これは彼の努力のみの結果といえるのだろうか。そうではない。より決定的なのは最後の場面で、ディックがフェリー・ボートから川に落ちた男の子を救いあげるという偶然によってなのである。もちろん、アルジャーは、正面切って、貧しい少年の成功はこうした偶然の幸運によると言ってはいない。偶然の幸運は、多分、誠実な努力の付随物として現れるものなのだろう。フランクリンが言ったとおり「神は自ら助くる者を助く」のである。しかし、多くの少年たちの運命を見てきた作者アルジャーは、誠実さと努力にもかかわらず、ただただ幸運に恵まれず、一生貧困に終わった無数の少年のいることも知っていたに違いない。人間の努力は成功の絶対の保証ではないのだ。一見すると、小説の結末を付けるための「デウス・エクス・マキナ」(ギリシァ悲劇で突然舞台に現われて難局を解決する宙乗りの神)に思われかねない最後の場面は、彼が体験的に知っていたアメリカ社会の現実を示しているのだ。そういえば、成功物語の古典中の古典、フランクリンの『自伝』でも、少年時代の成功は彼自身の努力によるものであるが、同時に、その努力を認め、評価してくれた善意の人々との偶然の出会いによるところも多かった。それが「アメリカの現実」なのだ。アルジャーの成功物語の背景には「アメリカの夢」に裏切られた大勢のアメリカの若者がいた。そのことを読者は忘れるべきではないだろう。

このように、アルジャーの生涯と彼の小説は、現代からすると、「アメリカの夢」の光と翳を示す歴史資料といってよいのであるが、その一方で、彼の小説が何千万という若い読者に読まれたという歴史的事実も無視すべきではないだろう。どうしてそれほど人気があったのだろうか。立身出世のバイブルとして読まれたといえば、そういう面もあっただろうが、本当にそのような殊勝な動機だけで読まれたのだろうか。理屈ぬきで面白いから読まれたのではないか。物語には偶然が多く、主人公の少年ディックはニューヨークの街を歩き回るだけで、構成は安易といえば安易なものだが、読んでいてそれほど不自然な印象は受けず、読者の興味をつないでゆく勢いを備えている。ディックも読者が自分自身を重ねることのできる魅力をもつ。また読みようによっては、格好なニューヨーク案内になっているし、成功物語の割には随分とユーモアがある。そうしたことで、彼の小説はいまだに絶版にならず読み継がれている。アメリカ文学の古典として楽しんでいただきたい。そして、ディックの魅力、印象に残る場面をそれぞれで見出してもらいたいと思う。

文庫版訳者あとがき

『ぼろ着のディック』は、主人公が路上で目を覚ます午前七時から始まり、翌朝、主人公が第十三章で目覚めるまで、一日の出来事をじっくり描く。ディックの人生が大きく変わる要因は、この日から数日間に集中している。作者ホレイショ・アルジャーはこの期間に物語の半分強を割き、周囲の少年たちを描きわけながら、主人公ディックの長所と頑張りを際立たせる。

ディックは十四歳の靴磨きだ。幼い頃から路上で暮らし、読み書きは苦手である。しかし、路上で遭遇する事件や諍《いさか》いに対処する賢さと心身の強さがあり、明朗闊達《かったつ》で気がよくて、稼ぎがない仲間に親切だ。その一方、まわりの少年の助言を受け入れ、ものを教わり、支えられてもいる。ディックが遂げる変化は、彼が出会う少年たちによるところも大きい。

本作を含む「ディック」シリーズ全六作の主人公たちは、ニューヨーク市の路上で働く少年である。アルジャーは本作の人物たちを再登場させ、本作に出てくる逸話の骨格を繰り返し用いつつ、マッチ売りのマーク（十歳）、新聞を売るルーファス（十五歳）、荷物運びのベン（十六歳）にも焦点を当て、靴磨き以外の方法で生き延びる少年の暮らしを描く。彼らもそれぞれ、少年同士で助けたり、助けられたりしている。

第三作のマークは母を亡くし、頼った大人に働きに出され、叩《たた》かれ、ひもじい思いをする。第四作のルーファスは、酒飲みの継父《ままちち》と対立しながら、七歳の実妹ローズの面倒を見ている。継父は、生活費も酒代も、継子《ままこ》の稼ぎを当てにしている。第五作のベンは家出少年だ。父親から理不尽に叱《しか》られて憤り、フィラデルフィア近辺の家を十歳で出たきりだ。どの作品でも、人情と励まし、主人公の発奮と努力、偶然と幸運があいまって、主人公を取り巻く状況が改善されてゆく。ディックとルーファスについては、新しい職場が描かれる続編もあり、ディックの以後の出世はほかの作品にも垣《かい》間《ま》見《み》える。左に六作品の題名を並べる。

Ragged Dick; or, Street Life in New York with the Boot-Blacks（1867）
Fame and Fortune; or, The Progress of Richard Hunter（1868）
Mark, the Match Boy; or, Richard Hunter's Ward（1869）
Rough and Ready; or, Life Among the New York Newsboys（1869）
Ben, the Luggage Boy; or, Among the Wharves（1870）
Rufus and Rose; or, The Fortunes of Rough and Ready（1870）

親族とのつながりが描かれるほかの三人と違って、ディックは天涯孤独で、それゆえ、資金は乏しくとも、気兼ねなく娯楽に興じる自由がある。都会っ子ディックは劇場に通い、見世物をながめ、街の様子にも詳しい。芝居の台詞《せりふ》や場面を会話に面白おかしく取り込む知識、機転、茶目っ気もある。ディックの芝居心は注目に値する。あるときは衣装が替わって、別人に見える。臨機応変に話し方や振舞いを相手に合わせ、他者を演じもする。そして何より、徐々に自分を作り変え、現実世界で新たな持場と役割を得て、次に目指す像を思い描くのだ。

万人が行き来する路上は本作において、社会の底辺にいる、「まっとうな大人」の卵であるディックが変わる契機を得る場となっている。階層が異なるフランク少年とディックは、路上で出会い、並んで歩き、友となる。普段なら行き違うだけであったろう場所で、ディックの前向きな行動が特別な出会いをもたらしている。この出会いがディックをアスター・ハウスのなか、未知の暮らし方、書物の世界へ導いてゆく。なお、偶然を好むアルジャーは、『名声と富』で二人を路上で偶然再会させている。

＊＊＊

二〇〇六年に本書は松柏社《しょうはくしゃ》からハードカバーで刊行されました。今回、文庫版にしましょうと野本有莉《のもとゆり》さんに勧められ、訳文を見直し、手を入れました。

二〇〇六年の翻訳について、ご指導いただいた故亀井俊介《かめいしゅんすけ》先生、お世話になった松柏社の森有紀子《もりゆきこ》さん、そして今回、故渡辺利雄《わたなべとしお》先生の解説について収録をご許可くださったご親族、文庫化と改訂でお世話になった野本さんと編集部のみなさま、校閲の渡邉潤子さん、秋山海空さんに深く感謝いたします。ディックが変身してゆくさまを、多くの方々にお楽しみいただけますように。

二〇二三年十二月

畔柳《くろやなぎ》 和代《かずよ》

本書は、〈アメリカ古典大衆小説コレクション3〉ホレイショ・アルジャー『ぼろ着のディック』（畔柳和代訳、亀井俊介・巽 孝之監修）として、二〇〇六年三月に松柏社より単行本として刊行された作品を文庫化したものです。文庫化にあたり、一部訳文を改訂いたしました。

本書には、今日の人権擁護の観点からすると不適切と思われる語句や表現がありますが、作品当時の時代背景に鑑み、できる限り原文に忠実な翻訳といたしました。

ぼろ着《ぎ》のディック

ホレイショ・アルジャー　畔柳《くろやなぎ》和《かず》代《よ》＝訳

令和6年 2月25日　初版発行

発行者●山下直久

発行●株式会社KADOKAWA
〒102-8177　東京都千代田区富士見2-13-3
電話　0570-002-301（ナビダイヤル）

角川文庫 24047

印刷所●株式会社暁印刷
製本所●本間製本株式会社

表紙画●和田三造

●お問い合わせ
https://www.kadokawa.co.jp/（「お問い合わせ」へお進みください）
※内容によっては、お答えできない場合があります。
※サポートは日本国内のみとさせていただきます。
※Japanese text only

ISBN 978-4-04-114475-6　C0197

◇◇◇